AF124169

www.ingramcontent.com/pod-product-compliance
Lightning Source LLC
LaVergne TN
LVHW010435070526
838199LV00066B/6032

* 9 7 8 9 3 5 8 7 2 7 3 6 4 *

بھوتوں کی شہزادی

(بچوں کی کہانیاں)

مرتبہ:
نوشاد علی ریاض احمد

© Taemeer Publications LLC

BhuutoN ki Shahzaadii *(Kids Short Stories)*
by: Naushad Ali Riyaz Ahmed
Edition: August '2024
Publisher :
Taemeer Publications LLC (Michigan, USA / Hyderabad, India)

ISBN 978-93-5872-736-4

مرتب یا ناشر کی پیشگی اجازت کے بغیر اس کتاب کا کوئی بھی حصہ کسی بھی شکل میں بشمول ویب سائٹ پر اَپ لوڈنگ کے لیے استعمال نہ کیا جائے۔ نیز اس کتاب پر کسی بھی قسم کے تنازع کو نمٹانے کا اختیار صرف حیدرآباد (تلنگانہ) کی عدلیہ کو ہو گا۔

© تعمیر پبلی کیشنز

کتاب	:	**بھوتوں کی شہزادی** (بچوں کی کہانیاں)
مرتب	:	**نوشاد علی ریاض احمد**
صنف	:	ادب اطفال
ناشر	:	تعمیر پبلی کیشنز (حیدرآباد، انڈیا)
سالِ اشاعت	:	۲۰۲۴ء
صفحات	:	۶۰
سرورق ڈیزائن	:	تعمیر ویب ڈیزائن

فہرست

(۱)	بھوتوں کی شہزادی	6
(۲)	دھوکے باز	16
(۳)	شہزادی کا انعام	24
(۴)	دو دوست	31
(۵)	چالاک اونٹ	35
(۶)	صحرا کا جادوگر	37
(۷)	چاچا گدھ	42
(۸)	میری مدد کرو	49
(۹)	حکایت رومی	52
(۱۰)	شرارتی بدھومیاں	55
(۱۱)	کتے کے گلے کی گھنٹی	58

بھوتوں کی شہزادی

پچھلے زمانے میں ملک شام پر ایک بادشاہ پرویز حکومت کرتا تھا۔ اس بادشاہ کا ایک ہی بیٹا تھا شہزادہ اسد، بادشاہ نے اپنے اکلوتے بیٹے کی تعلیم و تربیت کے لئے پوری دنیا سے ہر فن اور علم کے ماہر بلوا کر رکھے ہوئے تھے۔ بادشاہ چاہتا تھا کہ اس کا بیٹا شہزادہ اسد علم اور بہادری میں پوری دنیا میں مشہور ہو جائے۔ مگر شہزادہ اسد بڑی لاپرواہ طبیعت کا مالک تھا۔ اس کے استاد اسے جو کچھ سکھاتے وہ جلد ہی بھول جاتا۔ اس کا نتیجہ یہ ہوا کہ استادوں کی پوری کوششوں کے باوجود شہزادہ اسد نہ ہی زیادہ علم حاصل کر سکا اور نہ ہی اسے لڑائی بھڑائی کے فن میں مہارت حاصل ہو سکی۔

بادشاہ ہر ماہ شہزادے کا امتحان لیتا اور شہزادہ اسد ہر بار امتحان میں فیل ہو جاتا جس پر بادشاہ بے حد ناراض ہوتا۔ وہ شہزادے کو سمجھاتا کہ اسے علم سیکھنے اور لڑائی بھڑائی کا فن سیکھنے پر پوری توجہ کرنی چاہیے، کیونکہ اس کو ملک شام کا بادشاہ بننا ہے۔ مگر شہزادہ ایک کان سے بادشاہ کی باتیں سنتا اور دوسرے کان سے اُڑا دیتا۔

آخر تھک ہار کر بادشاہ نے بھی شہزادے کو سمجھانا چھوڑ دیا اور شہزادے اسد کو اس کے حال پر چھوڑ دیا۔ شہزادے اسد کو بس ایک ہی شوق تھا کہ اس کے باغ میں

دنیا کے بہترین پھول موجود ہوں۔ اس نے اپنے باغ کے لئے دنیا دینے کے ماہر ترین مالی رکھے ہوئے تھے۔ اور اس نے اپنے سپاہیوں کو پوری دنیا میں بھیج رکھا تھا کہ جہاں بھی وہ نئی قسم کا پھول دیکھیں تو ہر قیمت پر اس پھول کا پودا لے کر اس کے پاس پہنچیں۔ ہر نئی قسم کے پھول لانے والے کو بے پناہ انعام و اکرام دیتا۔ اس کا نتیجہ یہ ہوا کہ اس کے باغ میں اتنے خوبصورت پھول اکٹھے ہو گئے کہ شاید پرستان میں بھی ایسے پھول نہ پیدا ہوتے ہوں۔ شہزادہ اسد سارا دن اس باغ میں گھومتا رہتا اور خوبصورت پھولوں کو دیکھ دیکھ کر خوش ہوتا رہتا۔ آج بھی وہ باغ میں گھومتا پھر رہا تھا کہ اسے ملک عدن سے ایک سپاہی کی آمد کی اطلاع ملی۔

اسے فوراً ہمارے حضور پیش کرو۔ شہزادہ اسد نے حکم دیا۔ اُسے معلوم تھا کہ سپاہی کوئی نیا پھول لے کر آیا ہو گا۔ اس لئے اس کے چہرے پر خوشی کے آثار ابھر آئے تھے۔ اس کی نظریں باغ کے دروازے سے پر جمی ہوئی تھیں مگر جب اس نے ایک سپاہی کو خالی ہاتھ اندر آتے دیکھا تو اس کے چہرے پر غصے کے آثار ابھر آئے۔ وہ تیز نظروں سے آتے ہوئے سپاہی کو گھورنے لگا۔ سپاہی نے قریب آ کر بڑے ادب سے شہزادے کو جھک کر سلام کیا۔ کیا بات ہے تم خالی ہاتھ آئے ہو؟"، شہزادے نے بڑے سخت لہجے میں اس سے مخاطب ہو کر پوچھا۔ شہزادہ حضور! میں نئے پھولوں کی تلاش میں ملک عدن کے شمالی حصے میں گھومتا پھر رہا تھا کہ اچانک بھوتوں کی وادی میں جا نکلا یہ وادی یوں تو بڑی سر سبز اور خوبصورت ہے مگر وہاں ہر طرف بھیانک شکلوں والے بھوت رہتے ہیں جو انسان کو پکڑ کر کھا جاتے ہیں۔ سپاہی نے بڑے مودبانہ لہجے میں تفصیل بتانی شروع کر دی۔

مگر تم مجھے یہ کہانی کیوں سنا رہے ہو۔ ہو گی کوئی بھوت وادی مجھے یہ بتاؤ کہ کوئی نیا پھول لائے ہو یا نہیں۔ شہزادے نے جھنجھلائے ہوئے لہجے میں کہا۔ حضور! وہی تو بتانے لگا ہوں۔ اس بھوتوں کی وادی میں ایک انتہائی خوبصورت باغ ہے۔ یہ باغ بھوتوں کی شہزادی کا ہے۔ اس باغ میں اس قدر نایاب اور عجیب و غریب پھول ہیں کہ جن کا آپ نے کبھی خواب میں بھی تصور نہ کیا ہو گا۔ سپاہی نے سر جھکاتے ہوئے کہا۔

کیا کہہ رہے ہو گستاخ ؟ اس وقت دنیا میں ہمارے باغ سے زیادہ خوبصورت باغ نہیں ہو سکتا۔ تم جھوٹ بول رہے ہو اور تمہیں اس جھوٹ کی عبرتناک سزا ملے گی ی۔ شہزادے نے انتہائی غصیلے لہجے میں کہا۔ حضور! آپ بے شک مجھے قتل کرا دیں لیکن میں نے اپنی آنکھوں سے وہ باغ دیکھا ہے۔ آپ یقین کریں، وہاں پر اتنے خوبصورت پھول ہیں کہ آپ بھی دیکھ کر دنگ رہ جائیں گے۔ سپاہی نے بڑے اعتماد بھرے لہجے میں جواب دیتے ہوئے کہا۔ یہ بات ہے تو ہم اس باغ کے تمام پھول اپنے باغ میں لے آئیں گے۔ ہر قیمت پر، شہزادے نے کہا۔ اچھا تم بتاؤ کہ پھر کیا ہوا۔ ؟

حضور! جب میں بھوتوں کی وادی میں داخل ہوا تو بھوتوں نے مجھے پکڑ لیا اور پھر وہ مجھے اپنی شہزادی کے پاس لے گئے۔ شہزادی اس وقت اپنے باغ میں گھوم پھر رہی تھی شہزادی نے جب مجھ سے پوچھا کہ میں کون ہوں اور اس وادی میں کیسے آیا ہوں ؟ تو میں نے آپ کے اور آپ کے باغ کے متعلق سب کچھ بتا دیا۔ یہ سن کر شہزادی بہت خوش ہوئی۔ چنانچہ اس نے میری جان بخش دی اور ساتھ کہا کہ میں جا

کر اپنے شہزادے کو یہ بتاؤں کہ شہزادی کے باغ کے مقابلے میں شہزادیے کا باغ کوئی حیثیت نہیں رکھتا، چنانچہ میں یہاں آگیا۔ سپاہی نے ساری بات تفصیل سے بتادی۔

اوہ! توشہزادی نے ہمیں چیلنج کیا ہے ہم اس شہزادی کو بھی قتل کر دیں گے اور اس کے باغ کے تمام پودے اکھاڑ کر یہاں لے آئیں گے۔ یہ ہمارا فیصلہ ہے، شہزادے نے غصے سے لال پیلا ہوتے ہوئے کہا۔ مگر حضور! وہ بھوتوں کی شہزادی ہے اور بھوت انتہائی خطرناک مخلوق ہے اور وہ بے حد طاقتور اور ظالم ہیں۔ سپاہی نے ڈرتے ڈرتے کہا۔ کچھ بھی ہو، چاہے ہماری جان ہی کیوں نہ چلی جاتے ہم اپنا فیصلہ نہیں بدلیں گے۔ شہزادے نے کہا اور پھر اس نے دو گھوڑے تیار کرنے کا حکم دیا۔ تمہیں ہمارے ساتھ چلنا ہو گا تاکہ تم ہمیں اس وادی تک پہنچا سکو۔ شہزادے نے سپاہی سے مخاطب ہو کر کہا اور سپاہی نے سر جھکا دیا۔ ظاہر ہے کہ وہ اور کر بھی کیا سکتا تھا۔ پھر شہزادہ گھوڑے پر سوار ہو کر ملک عدن کی طرف چل پڑا۔ سپاہی بھی دوسرے گھوڑے پر سوار اس کے ساتھ ساتھ تھا۔ منزلوں پر منزلیں مارتے وہ دونوں ملک عدن کی طرف بڑھتے چلے گئے۔

آخر ایک مہینے تک مسلسل سفر کرنے کے بعد وہ ایک روز ملک عدن میں داخل ہو گئے اور یہاں انہوں نے ایک سرائے میں قیام کیا تاکہ کچھ روز یہاں آرام کرنے کے بعد وہ بھوتوں کی وادی کی طرف جا سکیں۔ شہزادہ اسد کھانے سے فارغ ہو کر آرام کرنے کیلئے جیسے ہی اپنے کمرے میں پہنچا اس کا سر اچانک چکرایا اور اس نے کمرے میں موجود الماری کو پکڑ کر اپنے آپ کو سنبھالنے کی کوشش کی، مگر بے سود۔

اس کا دماغ کسی لٹو کی طرح گھومتا چلا جا رہا تھا اور پھر وہ دھڑام سے قریبی بستر پر گر گیا، پھر جیسے ہی وہ بستر پر گرا۔ اسے یوں محسوس ہوا کہ جیسے بستر اپنی جگہ سے اُچھلا اور پھر ہوا میں تیرنے لگا۔ کمرے کی دیواریں غائب ہو گئیں اور شہزادہ بستر سمیت بڑی تیزی سے فضا میں اُڑتا چلا گیا۔ شہزادہ بے حس و حرکت بستر پر پڑا ہوا تھا اس کی آنکھیں کھلی ہوئی تھیں مگر وہ حرکت کرنے سے معذور تھا البتہ وہ کھلی آنکھوں کے ساتھ ارد گرد کا منتظر بخوبی دیکھ رہا تھا۔

بستر فضا میں اُڑتا ہوا پہلے تو بہت زیادہ بلندی پر چلا گیا اور پھر انتہائی تیز رفتاری سے شمال کی طرف بڑھتا چلا گیا۔ شہزادہ حیران تھا کہ آخر اسکے ساتھ کیا ہو رہا ہے۔ مگر وہ بے بس تھا۔ تھوڑی دیر بعد بستر ایک جگہ رک گیا اور پھر آہستہ آہستہ نیچے اُترنے لگا۔ یہاں ہر طرف ہلکی ہلکی روشنی پھیلی ہوئی تھی۔ ایسی روشنی جیسے صبح طلوع ہونے والی ہو اور پھر بستر زمین پر اتر کر ٹھہر گیا اور اسکے ساتھ ہی شہزادے اسد کی تمام بے حسی بھی یکدم دور ہو گئی اور وہ اُچھل کر بستر سے نیچے اُتر آیا۔ وہ حیرت سے چاروں طرف دیکھ رہا تھا۔ یہ وادی انتہائی خوبصورت اور سرسبز تھی مگر وہاں نہ ہی کوئی پرندہ نظر آ رہا تھا اور نہ کوئی جانور۔

شہزادہ اسد پہلے تو ادھر اُدھر دیکھتا رہا پھر اُسے دور پانی کی چمک نظر آئی۔ یہ کوئی بہت بڑی جھیل تھی۔ شہزادہ اسد اس جھیل کی طرف بڑھتا چلا گیا۔ کافی دیر تک چلنے کے بعد شہزادہ آخرکار جھیل کے کنارے پہنچ گیا۔ دوسرے لمحے حیرت اور اشتیاق سے اس کی آنکھیں پھٹی کی پھٹی رہ گئیں۔ اس نے جھیل میں ایک انتہائی خوبصورت کشتی کو تیرتے ہوئے دیکھا۔ کشتی کے اوپر سونے کا بنا ہوا ایک انتہائی

خوبصورت سائبان تھا جس کے نیچے ایک خوبصورت لڑکی بیٹھی پھول سونگھ رہی تھی درکشتی کو ایک سانولے رنگ کی کنیز ایک چپو کی مدد سے چلارہی تھی۔ کشتی جھیل کی پرسکون سطح پر آہستہ آہستہ ہلکورے لیتی ہوئی آگے کی طرف بڑھتی چلی جارہی تھی۔

شہزادہ اسد نے اتنی خوبصورت لڑکی آج تک نہ دیکھی تھی اس لئے وہ حیرت کے مارے بُت بنا اسے مسلسل دیکھتا رہا۔ جھیل کے پیچھے وہی سرسبز وادی پھیلی ہوئی تھی اور گھنے درختوں کے جھنڈ صاف نظر آرہے تھے۔ ابھی شہزادہ اس دکشتی کو دیکھ ہی رہا تھا کہ اچانک ایک زوردار گونج کی آواز سنائی دی اور ساتھ ہی ایک خوفناک قہقہہ بھی سنائی دیا۔ دوسرے لمحے شہزادے کے حلق سے بے اختیار ایک چیخ نکل گئی کیونکہ اس نے جھیل کے پیچھے درختوں کے گھنے جھنڈ میں ایک بھیانک شکل کو ابھرتے دیکھا۔ یہ خوفناک شکل کسی دیو کی مانند تھی۔ اس کے سر پر دو سینگ بھی تھے۔ اس بھیانک چہرے کے ساتھ ساتھ دو ہاتھ اوپر کو نکلے ہوئے تھے۔۔ اس ساتھ ساتھ شہزادے کی چیخ سن کر کشتی میں بیٹھی ہوئی لڑکی یکدم چونک پڑی اور اس نے مڑ کر تیزی سے پیچھے گھنے درختوں کے جھنڈ کی طرف دیکھا اور پھر اس کی نظریں جھیل کے کنارے پر کھڑے ہوئے شہزادہ اس پر پڑیں۔ اس نے تیزی سے کشتی چلانے والی کنیز کو کہا اور کنیز پھرتی سے کشتی میں کھڑی ہوگئی اور اس نے درختوں کے جھنڈ کی طرف رخ کر کے اپنا ایک ہاتھ فضا میں لہرایا اور اسکے ہاتھ لہراتے ہی ایک بار پھر زوردار گونج پیدا ہوئی اور درختوں کے جھنڈ کے سامنے اُبھرنے والی خوفناک شکل اچانک غائب ہوگئی۔ بھیانک شکل کے غائب ہوتے ہی

کنیز نے دوبارہ چپو سنبھال لیا اور پھر کشتی کو انتہائی تیزی سے چلانے لگی۔

اب کشتی کا رخ اس کنارے کی طرف تھا جدھر شہزادہ اسد کھڑا ہوا تھا۔ چند ہی لمحوں میں کشتی کنارے پر پہنچ گئی اور کشتی میں موجود لڑکی اُٹھ کر کنارے پر آ گئی ، تم ملک شام کے شہزادے اسد ہو یا لڑکی نے بڑے ترنم کے ساتھ شہزادے اسد سے مخاطب ہو کر کہا۔ " ہاں خوبصورت لڑکی! ہم ملک شام کے شہزادہ اسد ہیں، مگر تم کون ہو اور مجھے کیسے جانتی ہو ؟، شہزادے نے حیرت بھرے لہجے میں جواب دیتے ہوئے کہا۔ ہم اس وادی کی شہزادی حسن آرا ہیں۔ ہمیں معلوم ہو گیا تھا کہ تم ملک عدن کی سرائے میں پہنچ گئے ہو۔ اس لئے ہمارے حکم پر تمہیں بستر سمیت یہاں لے آیا گیا ہے یہ شہزادی حسن آرا نے اٹھلاتے ہوئے کہا۔ یہ کون سی وادی ہے ؟" شہزادے نے حیرت بھرے لہجے میں خوبصورت وادی کو دیکھتے ہوئے پوچھا۔ یہ بھوتوں کی وادی کہلاتی ہے۔ شہزادی نے مسکراتے ہوئے جواب یا۔ ارے باپ رے ، یہ بھوتوں کی وادی ہے اور تم بھوتوں کی شہزادی ہو مگر تم بے حد خوبصورت ہو جبکہ درختوں کے جھنڈ میں جو بھوت نمودار ہوا تھا وہ تو انتہائی خوفناک اور بدشکل تھا یا شہزادے نے خوفزدہ لہجے میں جواب دیا۔

ہاں ! وہ ہمارا پہرے دار بھوت تھا۔ اس نے سمجھا تھا کہ شاید تم ہمیں نقصان پہنچانے کی نیت سے یہاں آئے ہو مگر ہم نے اسے واپس بھیج دیا ہے کیونکہ ہم نے تو تمہیں خود بلوایا ہے۔ شہزادی نے جواب دیا۔ تو کیا بھوتوں کی عورتیں تم جیسی خوبصورت شکلوں والی ہوتی ہیں۔ شہزادے نے پوچھا۔ ارے نہیں بھولے شہزادے ! میں بھوت نہیں ہوں۔ بھوتوں میں صدیوں سے رواج ہے کہ ان کا بادشاہ اور ملکہ

آدم زاد ہوتے ہیں۔ میں آدم زاد ہوں۔ یہ کنیز بھی آدم زاد ہے۔ بھوتوں کی عورتیں تو بھوتوں کی طرح ہی بد شکل ہوتی ہیں شہزادی نے ہنستے ہوئے جواب دیا۔ اوہ! میں سمجھ گیا۔ ہاں شہزادی! مجھے سپاہی نے بتایا تھا کہ تمہارے باغ میں دنیا کے خوبصورت ترین اور نایاب پھول ہیں جبکہ ہمارا دعویٰ ہے کہ ہمارے باغ سے زیادہ خوبصورت پھول دنیامیں اور کسی کے پاس نہیں ہیں؟ شہزادے اسد نے کہا۔

شہزادے! اُونٹ جب تک پہاڑ کے نیچے نہیں آتا وہ بھی اپنے آپ کو دنیا میں بلند چیز سمجھتا ہے۔ آؤ میرے ساتھ! میں تمہیں اپنا باغ دکھاؤں پھر تمہیں پتہ چلے گا کہ تمہارا باغ کیا حیثیت رکھتا ہے۔ شہزادی نے بڑے فخریہ لہجے میں کہا۔ شہزادی اتم نے ہمارا باغ نہیں دیکھا اس لئے ایسی باتیں کر رہی ہو، تم ایک عام سپاہیکو باغ دکھا کر مرعوب کر سکتی ہو۔ مگر ہمیں نہیں، شہزادہ ابھی اکڑا ہوا تھا۔ اوہ! پہلے باغ تو دیکھ لو یا شہزادی نے ہنستے ہوئے کہا۔ اور پھر شہزادے کا بازو دیکھ کر اسے کشتی میں لے آئی اور پھر اس نے کنیز کو کشتی چلانے کا حکم دیا۔ اور کنیز نے تیزی سے کشتی چلانی شروع کر دی۔ تھوڑی تھو دیر بعد شہزادی جھیل کے دوسرے کنارے پر پہنچ گئی اور شہزادی، شہزادے کا ہاتھ پکڑے نیچے اتر آئی اور پھر وادی میں آگے بڑھتی چلی گئی۔

ایک پہاڑی کے قریب پہنچ کر شہزادی نے زور سے تالی بجائی۔ دوسرے لمحے پہاڑی کا ایک حصہ کسی صندوق کے ڈھکن کی طرح اوپر اٹھتا چلا گیا۔ سامنے سونے کا بنا ہوا ایک خوبصورت دروازہ تھا۔ دروازے کے باہر دو خوبصورت عورتیں کھڑی تھیں شہزادی کے اشارے پر عورتوں نے دروازہ کھول دیا اور پھر شہزادی، شہزادے اسد کو لئے دروازے میں داخل ہوگئی۔ یہ ایک انتہائی خوبصورت باغ تھا۔

جہاں اتنے خوبصورت پھولوں کے تختے موجود تھے کہ شہزادہ اسد کی آنکھیں حیرت سے پھٹی کی پھٹی رہ گئیں۔ وہ خواب میں بھی نہ سوچ سکتا تھا کہ دنیا میں اس قدر خوبصورت پھول بھی ہو سکتے ہیں۔ وہ کسی معصوم بچے کی طرح ایک ایک پھول کے قریب جاتا، اُسے آنکھیں پھاڑ کر دیکھتا، اسے چھو کر دیکھتا۔ اور پھر ان کی خوشبو سونگھتا۔

شہزادی ایک جگہ کھڑی بڑی دلچسپ نظروں سے شہزادے کی حرکتیں دیکھ رہی تھی۔ شہزادہ بچوں کی طرح دوڑ دوڑ کر ایک ایک پھول کے پاس جاتا اور اسے کافی دیر تک دیکھتا رہتا۔ تقریباً ایک گھنٹے بعد شہزادہ اٹھا اور پھر وہ شہزادی کی طرف آیا۔ اور پھر جو اس دوران ایک خوبصورت کرسی پر بیٹھ چکی تھی۔ اس کے قریب ہی ایک اور خوبصورت کرسی موجود تھی۔ واقعی شہزادی تمہارا باغ، دنیا میں سب سے خوبصورت ہے۔ ہمارا باغ تو اس کے مقابلے میں کچھ بھی نہیں۔ شہزادے نے بڑے شرمندہ سے لہجے میں کہا۔ اور پھر کرسی پر بیٹھ گیا۔ اب معلوم ہوا شہزادے کہ باغ کسے کہتے ہیں؟ شہزادی نے مسکراتے ہوئے کہا۔ ہاں شہزادی! ہم اپنے دعویٰ پر شرمندہ ہیں۔

ہم خواہ مخواہ اپنے باغ پر غرور کرتے تھے۔ کاش! یہ باغ ہمارا ہوتا۔ شہزادے نے حسرت بھری نظروں سے باغ کو دیکھتے ہوئے کہا۔ شہزادے تم نے کبھی غور کیا ہے کہ دنیا میں سب سے خوبصورت پھول کون سا ہے؟ شہزادی نے مسکراتے ہوئے کہا۔ سب سے خوبصورت پھول تمہارے باغ میں موجود ہو گا۔ شہزادی اس سے زیادہ خوبصوت پھولوں کا تو تصور بھی نہیں کیا جا سکتا۔ شہزادے نے جواب

دیا۔ اور پھر شہزادی نے زور سے تالی بجائی اور اس کے تالی بجاتے ہی دو بد شکل بھوت وہاں نمودار ہو گئے۔ "شہزادے اسد کو اس کے بستر پر پہنچا دو"۔ شہزادی نے اُٹھتے ہوئے کہا۔ اور بد شکل بھوتوں نے شہزادے اسد کو یوں اٹھا لیا جیسے بچے کسی کھلونے کو اٹھا لیتے ہیں۔

ارے ارے! مجھے چھوڑ دو، شہزادے اسد نے چیختے ہوئے کہا۔ مگر بھوت بھلا کہاں اس کی بات سنتے تھے۔ وہ اسے اٹھا کر باغ سے باہر لے آئے اور پھر تھوڑی دیر بعد انہوں نے اسے زمین پر موجود اس کے بستر پر پھینک دیا۔ اور اس کے ساتھ ہی شہزادے کا جسم بے حس و حرکت ہو گیا اور بستر دوبارہ فضا میں بلند ہوتا چلا گیا۔ تھوڑی دیر بعد جب بستر واپس نیچے اتر کر زمین پر ٹھہرا تو شہزادہ اسد اُچھل کر بستر پر بیٹھ گیا۔

شہزادہ یہ دیکھ کر حیران رہ گیا کہ وہ سرائے کے اسی کمرے میں موجود تھا اور دیواریں اسی طرح صحیح و سالم تھیں۔ کمرے کا دروازہ بھی اسی طرح اندر سے بند تھا۔ جس طرح اس نے کمرے میں داخل ہوتے وقت اسے بند کیا تھا۔ شہزادہ کافی دیر تک اس واقعہ پر غور کرتا رہا کبھی تو اُسے خیال آتا کہ یہ سب کچھ خواب تھا مگر شہزادی کے باغ کا منظر جب اس کی آنکھوں کے سامنے آتا تو اُسے سب کچھ حقیقت معلوم ہوتا۔ آخر کار شہزادہ سمجھ گیا کہ یہ سب کچھ خواب نہ تھا بلکہ بھوتوں کی شہزادی حُسن آرا کا کارنامہ تھا کہ وہ اپنی پُر اسرار طاقتوں کے ساتھ اُسے بستر سمیت اُٹھا کر لے گی اور پھر باغ دیکھا کر اسے واپس سرائے کے کمرے میں بھیج دیا۔

***

دھوکے باز

ایک دفعہ ایک چالاک اور دھوکے باز شخص نے، کہیں سے ایک گدھا چوری کیا اور اسے فروخت کرنے کے لیے قریبی بازار لے گیا، بازار جانے سے پہلے اس نے گدھے کے منہ میں اشرفیاں ٹھونس کر کپڑے سے اچھی طرح بند کر دیا۔

بازار کی پر ہجوم جگہ پر کھڑے ہو کر اس نے گدھے کے منہ سے کپڑا اہٹا دیا، جیسے ہی کپڑا اہٹا گدھے کے منہ سے اشرفیاں نکل کر زمین پر گرنے لگیں، سکّوں کی چھنکار سن کر لوگ متوجہ ہو گئے، اور حیران ہو کر پوچھنے لگے کہ گدھے کے منہ سے سکے وہ بھی سونے کے؟ یہ کیا ماجرا ہے؟

دھوکے باز کہنے لگا، بھائیو یہ ایک عجیب و غریب گدھا ہے اور میں اس سے بہت تنگ ہوں، میں جب بھی پریشان یا اُداس ہوتا ہوں تو دن میں ایک بار اس کے منہ سے سونے کی اشرفیاں گرنے لگتیں ہیں، اب تو میرے گھر میں اشرفیاں رکھنے کی جگہ بھی نہیں بچی، اس لیے میں چاہتا ہوں کہ اسے کوئی ضرورت مند اور جانوروں سے پیار کرنے والا تاجر خرید لے، لوگوں نے اشرفیاں گرتی ہوئی اپنی آنکھوں سے دیکھ لیں تھیں اور باقی کا قصہ سُن کر ہر کسی کی خواہش یہی تھی کہ یہ گدھا جتنے میں بھی مل جائے سستا ہے۔

ایک دوسرے سے بڑھ چڑھ کر بولیاں لگاتے ہوئے، آخر کار ایک بڑے تاجر نے خطیر رقم کے عوض اسے خرید لیا، فروخت کرنے والے نے، رقم اور زمین پر گرے ہوئے سکے سمیٹے اور گھر چلا گیا۔ جس تاجر نے گدھا خریدا تھا، وہ فخر سے گردن اکڑائے ہوئے چل رہا تھا اور اہل قریہ اس کے پیچھے پیچھے چلتے ہوئے اس کے گھر تک پہنچ گئے، سارے لوگ مل کر اُداس اور پریشان شکلیں بنا کر گدھے کے ارد گرد بیٹھ گئے، لوگ گھنٹوں بیٹھ کر انتظار کرتے رہے اور بالآخر وہ سچ مچ پریشان ہوگئے، اس دوران گدھا جو کب سے بھوکا تھا اس نے خوب چارا کھایا مگر ایک سکہ تک نہ گرا۔ آخر وہاں سے کسی دانا کا گزر ہوا۔ اس نے بتایا کہ تمھارے ساتھ دھوکا ہوچکا ہے، اس سے پہلے کہ فروخت کرنے والا بھاگ جائے، فوراً اس دھوکے باز کو پکڑو۔ وہ تاجر اور اہل قریہ اکٹھے ہو کر جب اس دھوکے باز کے گھر کے باہر پہنچے اور دروازہ کھٹکھٹا کر اس کے متعلق استفسار کیا تو اندر سے اس دھوکے باز کی بیوی نے کہا کہ وہ تو کہیں کام سے دوسرے گاؤں گئے ہوئے ہیں، آپ باہر ہی انتظار کریں میں اپنا پالتو کتا بھیجتی ہوں، یہ جا کر انہیں آپ کے متعلق بتائے گا اور انہیں ہر صورت ساتھ بھی لیکر آئے گا، لوگ دلچسپی سے دیکھنے اور سوچنے لگے کہ یہ کیسے ہوسکتا ہے کہ کتا اپنے مالک کو گھر لائے۔

دراصل اس چالاک شخص نے جب دیکھا کہ تمام لوگ اس کے گھر کے باہر جمع ہیں تو اس نے اپنی بیوی کو کتے والی پٹی پڑھائی، گھر میں پہلے سے بندھے ہوئے کتے کو آزاد کیا اور خود گھر کی پچھلی سمت سے چپکے سے نکل گیا، دور جا کر اس نے کتے کو پکڑ لیا اور اس کے ساتھ واپس گھر کی طرف چل دیا۔

تھوڑی دیر گزری تو لوگوں کو اپنی آنکھوں پر یقین نہیں آ رہا تھا کہ وہی شخص جس نے گدھا فروخت کیا تھا، اسی کتے کے پیچھے پیچھے چلتا ہوا آ رہا تھا۔ اب سارے لوگ یہ بات بھول کر کہ وہاں کیوں آئے ہیں، کتے کے متعلق پوچھنے لگے کہ یہ کتا تو بڑے کام کا ہے، بتاؤ یہ کتنے کا ہے؟ اسے تو ہر صورت خریدنا ہو گا۔

اس دھوکے باز اور چالاک شخص نے پہلے تو انکار کیا لیکن بعد میں اچھے دام ملنے پر وہ کتا اسی ہجوم میں سے ایک دوسرے تاجر کو فروخت کر دیا۔ اب لوگ ٹولی کی شکل میں صرف یہ دیکھنے کے لیے کہ کتا گھر سے گئے ہوئے شخص کو کیسے واپس لے کر آتا ہے اس تاجر کے ساتھ چلتے گئے۔ تاجر نے گھر جا کر غلام کو کہا کہ تم ساتھ والے گاؤں جاؤ تا کہ کتا تمھیں ڈھونڈ کر واپس لے آئے۔

غلام جیسے ہی دوسرے گاؤں پہنچا وہاں سے بھاگ نکلا اور کتا بھی کہیں دور چلا گیا جو واپس نہ آیا. جب غلام اور کتا دونوں واپس نہ آئے تو لوگوں کو پتا چل گیا کہ یہ ایک بار پھر ہمارے ساتھ دھوکا ہو گیا ہے۔ وہ دوبارہ اکٹھے ہو کر جب اسی دھوکے باز کے گھر گئے تو وہ ایک بار پھر گھر کے پچھلے خفیہ دروازے سے بھاگ نکلا، اور اس کی بیوی کہنے لگی وہ ساتھ والے گاؤں کسی کام سے گئے ہوئے ہیں، لوگوں نے کہا کہ آج ہم اسکا گھر کے اندر بیٹھ کر انتظار کریں گے، اور یوں دونوں تاجروں سمیت ارد گرد کے تمام لوگ اس کے گھر میں بیٹھ گئے، کافی دیر جب گزر گئی تو وہی دھوکے باز گھر میں داخل ہوا اور وہاں بیٹھے ہوئے لوگوں کو دیکھ کر چاپلوسی سے کام لیتے ہوئے ان کے سامنے جھک جھک کر آداب بجالانے لگا،

بیوی سے پوچھنے لگا کہ میرے خاص مہمانوں کی تکریم میں تم نے کیا کیا؟ ان

مہمانوں کو کچھ کھانے پینے کو دیا یا بھوکا ہی بٹھایا ہوا ہے؟ وہ لوگ دل ہی دل میں شرمندہ ہونے لگے کہ ہم جسے دھوکے باز سمجھ رہے ہیں وہ تو بڑا سخی اور مہمان نواز بندہ ہے، اس کی بیوی نے انکار میں سر ہلاتے ہوئے کہا کہ ان فضول اور فالتو لوگوں کو کون اپنا مہمان بناتا ہے، میں نے تو انہیں پانی تک نہیں پوچھا، یہ سن کر وہ شخص غصے میں پاگل ہو گیا اور جیب سے ایک خنجر نکال کر بیوی کے پیٹ میں گھونپ دیا، فوراً لہو بہہ نکلا اور اور اس کی بیوی لہرا کر نیچے فرش پر گر پڑی، وہاں بیٹھے ہوئے لوگ اسے برا بھلا کہنے لگے کہ ہمارے پیسوں کو تو رہنے دو لیکن ہمارے لیے اپنی بیوی کو قتل کرنا کہاں کی دانشمندی ہے، وہ چالاک اور دھوکے باز کہنے لگا، آپ لوگ فکر نہ کرو یہ ہمارا روزانہ کا کام ہے، میں اسے غصے میں آ کر قتل کر دیتا ہوں تو دوبارہ اس سینگ سے زندہ بھی کر دیتا ہوں، یہ کہتے ہوئے اس نے دیوار پر ٹنگے ہوئے کسی جانور کے بڑے سے سینگ کی طرف اشارہ کیا، پھر وہ سینگ اتارا اور مری ہوئی بیوی کے پاس بیٹھ کر سینگ کو منہ میں دبا کر سپیروں کی طرح جھوم جھوم کر پھونک مار کر بجانے لگا، تھوڑی دیر بعد وہی مقتولہ جو کچھ دیر پہلے سب کے سامنے خنجر کے وار سے ہلاک ہو چکی تھی، اپنے زخم پر ہاتھ رکھے ہوئے اٹھ کھڑی ہوئی،

تمام لوگ حیرت زدہ رہ گئے، اور ایک بار پھر وہ سب یہ بات بھول کر کہ یہاں کیوں آئے ہیں، اس سینگ کو خریدنے کے درپے ہو گئے، دھوکے باز نے بولی بڑھانے کی خاطر کہنا شروع کر دیا کہ یہ طلسماتی سینگ پوری دنیا میں ایک ہی ہے جو صرف میرے پاس ہے اور میں اسے کسی بھی قیمت پر فروخت نہیں کروں گا، کرتے کرتے ایک بڑے تاجر نے سب سے زیادہ رقم ادا کر کے وہ سینگ خرید لیا، اور سینگ

خرید کر وہ لوگ اپنے اپنے گھروں کو چلے گئے۔

جس نے سینگ خریدا تھا، کہنے لگا، میں جو اپنی بیوی کی چخ چخ سے تنگ ہوں، آج اگر اس نے لڑائی کی تو مار دوں گا اور رات سکون سے گزار کر صبح سینگ کی مدد سے زندہ کرلوں گا، لیکن در حقیقت اس دھوکے باز نے جب اپنے گھر کے باہر لوگوں کا اکٹھ دوبارہ دیکھا تو فوراً منصوبہ بنا کر اس میں اپنی بیوی کو شامل کرلیا، لال رنگ کو ایک تھیلی میں ڈال کر بیوی کے کپڑوں میں چھپا دیا، پھر ایک خنجر لیا جس کے دستہ میں خفیہ خانہ اور ایک بٹن تھا جس کو دبانے سے خنجر کا پھل اپنے دستے میں غائب ہو جاتا تھا اور ایک پرانا بیکار سینگ لیکر دیوار پر ٹانگ دیا اور خود گھر کے خفیہ رستے سے نکل کر تھوڑی دیر روپوش رہ کر واپس آگیا، اور پھر بیوی کو زندہ کرنے کا ڈرامہ رچا کر بیکار سینگ فروخت کر دیا تھا۔

جس نے سینگ خریدا تو جیسے ہی گھر پہنچا تو اس کی بیوی نے حسب معمول لڑائی شروع کر دی اس نے بے فکر ہو کر خنجر نکالا اور بیوی کے پیٹ میں گھونپ دیا، خون نکلا، وہ تڑپی اور ٹھنڈی ہو گئی۔ اس نے اٹھا کر کمرے میں لٹا دیا اور پوری رات ایسے ہی رہنے دیا، صبح اٹھ کر اس نے بہتیرا سینگ کو مختلف طریقوں سے بجایا مگر وہ تو مر دہ ہو چکی تھی، دھیرے دھیرے اسے اپنی بیوقوفی کا احساس ہونے لگا، وہ پچھتاوے کے احساس کے ساتھ گھر سے نکلا تو باہر تمام لوگ اس کے منتظر تھے کہ پتا کریں رات کیا بیتی اور سینگ نے کیا کمال دکھایا۔ وہ شخص دکھ اور شرمندگی کو چھپانا چاہ رہا تھا مگر کچھ لوگوں نے جب اصرار کیا تو اصل بات اگلوا ہی لی۔ اب کی بار انہوں نے پکا ارادہ کرلیا کہ اس نوسر باز کی کسی بات میں نہیں آنا، اور اس کو دیکھتے ہی قابو کر کے ایک

بوری میں بند کر کے سمندر برد کر دینا ہے۔

سب نے اس پر اتفاق کیا، ایک بار پھر وہ لوگ اکٹھے ہو کر اس دھوکہ باز کے گھر پہنچے اور اندر جا کر اسے قابو کر لیا، بڑی سی بوری میں ڈال کر سمندر کی طرف چل دیئے۔ سمندر وہاں سے کافی دور تھا، بوری میں بند دھوکہ باز شخص کو باری باری اٹھاتے ہوئے وہ سب لوگ تھک گئے تھے، سمندر سے نصف فاصلے پر پہنچ کر انہوں نے کہا کہ تھوڑی دیر سُستا لیتے ہیں، اس کے بعد آرام سے اسے پانی میں پھینک دیں گے۔ وہ لوگ تھکے ہوئے تھے، اس لیے جیسے ہی آرام کرنے کے لیے رُکے تو انہیں نیند نے آلیا اور وہ بے فکر ہو کر سو گئے۔

بوری میں بند شخص نے بھوک اور پیاس سے بے حال ہو کر چیخنا چلانا شروع کر دیا، مگر وہ تمام لوگ تو خواب خرگوش کے مزے لے رہے تھے، اسی اثناء میں وہاں سے ایک چرواہے کا گزر ہوا اس نے دیکھا کہ لوگوں کا جم غفیر آڑھا ترچھا ہو کر سو رہا ہے، اور ایک طرف پڑی بوری سے چیخنے چلانے کی آوازیں آ رہی ہیں۔

اس نے بھیڑ بکریوں کو ایک طرف کھڑا کیا اور آگے بڑھ کر جب بوری کھولی تو اس نے دیکھا کہ اس کے اندر تو کوئی شخص بند ہے، چرواہے نے پوچھا کہ اے شخص !تو کون ہے ؟ یہ ارد گرد سوئے ہوئے لوگ کون ہیں ؟ اور تجھے بوری میں کیوں بند کیا ہوا ہے، یہ ماجرا کیا ہے ؟ دھوکے باز نے کہا سنو یہ تمام لوگ میرے خاندان کے ہیں، یہ میری شادی سمندر پار ایک شہزادی سے زبردستی کرانا چاہتے ہیں، مگر مجھے مال و دولت کی ذرا بھی ہوس نہیں ہے، میں تو اپنی چچازاد لڑکی سے محبت کرتا ہوں۔ چرواہا اسکی باتیں سن کر بڑا متاثر ہوا، اور کہنے لگا بتاؤ کیا میں تمھارے کسی کام آ سکتا

ہوں ؟ دھوکے باز کہنے لگاہاں ہاں کیوں نہیں، تم میری جگہ اس بوری میں آجاؤ، اور جب شہزادی کے سامنے بند بوری کھلے گی تو پھر اس کا تم سے شادی کرنے کے سوا کوئی چارہ نہیں ہو گا۔ چرواہا یہ سن کر خوش ہو گیااور ہنسی خوشی اس دھوکے باز کی جگہ بوری میں بند ہو کر بیٹھ گیا۔ دھوکے باز نے وہاں سے چرواہے کی بھیڑ بکریوں کو ساتھ لیااور واپس اپنے گھر آگیا۔

وہ لوگ جب نیند سے بیدار ہوئے توانہوں نے بوری کو اٹھایااور چلتے چلتے آخر کار سمندر میں پھینک دیا، اور مطمئن ہو کر اپنے اپنے گھروں کو لوٹ آئے۔ اگلے دن انہوں نے دیکھا کہ دھوکے باز شخص کے گھر کے باہر تین چار سو کی تعداد میں بھیڑ بکریاں بندھی ہوئی ہیں۔ وہ بڑے حیران ہو کر جب وہاں گئے تو دیکھا کہ جس کو سمندر میں پھینک کر آئے تھے وہ تو گھر میں بیٹھا اپنی بیوی سے گپیں لڑا رہا ہے۔ انہوں نے تعجب سے پوچھا کہ، ہم نے تو تمھیں کل سمندر میں پھینکا تھا، اور آج تم صحیح سلامت اپنے گھر میں ہو اور باہر بھیڑ بکریوں کا ریوڑ بھی ہے؟

وہ دھوکے باز شخص کہنے لگا، جب تم لوگوں نے مجھے سمندر میں پھینکا تو وہاں سے ایک جل پری نمودار ہوئی اور وہ مجھے اپنے ساتھ زیر سمندر بنے گھر میں لے گئی، وہاں ہیرے جواہرات اور موتیوں سے بنے ہوئے بے شمار محل اور ہزاروں کی تعداد میں مال مویشی تھے۔

جل پری نے مجھے مہمانوں کی طرح رکھااور میری خوب خاطر مدارات کی، وہ مجھ سے شادی کرنا چاہتی تھی اور وہاں کا حاکم بنانا چاہتی تھی، مگر جب میں نے کہا کہ میری پہلے سے ایک بیوی ہے اور میں اپنے گھر جانا چاہتا ہوں تو اس نے کہا کوئی بات

نہیں اور اپنی طرف سے بھیڑ بکریوں کا تحفہ دیکر کہنے لگی کہ اگر تمھارے علاقے میں کوئی ایسا ہوا جو یہاں کی جل پریوں سے شادی کر کے یہاں عیش و عشرت کی زندگی گزارنا چاہتا ہو تو اسے یہاں لے آنا، یہ بات سننے کی دیر تھی کہ وہاں آئے ہوئے تمام بوڑھے اور جوان کہنے لگے ہم وہاں جانا چاہتے ہیں اور وہاں جاکر حاکم بننا چاہتے ہیں۔

اس دھوکے باز شخص نے کہا کہ تم تو صرف چند افراد ہو اگر اس قصبے کے تمام لوگ بھی وہاں چلے جائیں تو پھر بھی کم ہیں۔ انہوں نے کہا کہ ہم قصبے کے ہر شخص کو اپنے ساتھ جانے کے لیے راضی کر لیں گے، دھوکے باز نے کہا ٹھیک ہے کل صبح کے وقت سمندر کے کنارے ہر شخص اپنے لیے ایک بوری اور ایک رسی لیکر پہنچ جائے، اور وہاں پہنچ کر ہر شخص ایک دوسرے کو بوری میں بند کرنے میں مدد کرے گا۔

اگلے روز صبح کے وقت دھوکے باز شخص نے سب کو بوری میں بند کیا اور اپنی بیوی کی مدد سے تمام بوریوں کو سمندر میں پھینک دیا۔ اس کے بعد وہ بیوقوفوں کے قصبے کا تن تنہا مالک بن گیا۔۔۔۔

***

شہزادی کا انعام
ضیا ساجد

ملک شمان کے بادشاہ اشلو کی بیٹی شہزادی نونا بہت ذہین اور حسین تھی، چنانچہ آس پاس کی ریاستوں کے سارے شہزادے اُس سے شادی کرنا چاہتے تھے۔ جس کی وجہ سے اشلو بادشاہ بے حد پریشان تھا۔ اُس کی سمجھ میں نہیں آ رہا تھا کہ اس مصیبت سے کیسے جان چھڑائے۔ کیونکہ جن شہزادوں سے وہ انکار کرتا وہ اُس کے دشمن ہو جاتے اور غصے میں آ کر اُس کے ملک پر چڑھائی کر دیتے۔ آخر سوچ سوچ کر جب وہ تھک گیا تو اُس نے اپنے بڑے وزیر کوکل کو طلب کر لیا اور اُس سے اس مسئلے کا حل پوچھا۔ کوکل وزیر بہت سیانا اور عقلمند تھا۔ اُس نے اشلو بادشاہ کی پریشانی سن کر کہا: "جہاں پناہ اگر جان کی امان پاؤں تو کچھ عرض کروں؟"

اشلو بادشاہ نے فوراً اُسے جان کی امان دے دی۔ "تمہیں امان دی جاتی ہے۔ کہو کیا کہنا چاہتے ہو"؟

جواب میں کوکل وزیر ہاتھ باندھ کر بولا: "جہاں پناہ اس مسئلے کا حل اس ناچیز کے ذہن میں یہ آیا ہے کہ آپ شہزادی صاحبہ کی شادی اس طرح نہ کریں، بلکہ تمام شہزادوں کا مقابلہ کرایا جائے، اس میں جو شہزادہ جیت جائے شہزادی کی شادی

اُس سے کر دیجئے گا۔ اس طرح باقی شہزادوں کو کوئی گلہ نہیں رہے گا۔"

اشلو بادشاہ کو کوکل وزیر کی یہ تجویز بہت پسند آئی، چنانچہ شہزادی نونا کو بلا کر اس ترکیب سے آگاہ کر دیا اور بولا: "نونا بیٹی! ہم نے فیصلہ کیا ہے کہ تمہاری شادی کے لئے تمام شہزادوں میں مقابلہ کرایا جائے اور اس میں جو شہزادہ جیتے گا، اُس سے تمہاری شادی کر دی جائے۔ اس بارے میں تمہارا کیا خیال ہے؟"

"ابا حضور! میں اس معاملے میں بھلا کیا رائے دے سکتی ہو ہوں؟ آپ جو فیصلہ کریں گے وہ میرے لئے بہتر ہی ہو گا۔"

شہزادی نونا نے جواب دیا۔ بادشاہ اشلو اپنی بیٹی کی فرمانبرداری سے بہت خوش ہوا، اور اس کے سر پر پیار سے ہاتھ پھیر کر بولا: شاباش بیٹی! تم نے یہ کہہ کہ ہمارا دل خوش کر دیا ہے۔ پھر بھی ہم تم سے پوچھ رہے ہیں کہ شادی کرنے کے لئے ہمیں یہ طریقہ منظور ہے؟" شہزادی نونا اپنے باپ کی پریشانی سمجھ گئی تھی اس لئے گردن جھکا کی بولی: مجھے منظور ہے ابا حضور!" تو ٹھیک ہے ان شرطوں کو تیار کرو جنہیں شہزادوں کے آگے رکھا جائے گا۔ جو شہزادہ ان شرطوں کو پورا کر دے گا وہی تمہارا دولہا ہو گا۔ اشلو بادشاہ نے جلدی سے کہا۔" میں اکیلی شرطیں تیار نہیں کر سکوں گی ابا حضور مجھے اجازت دیجئے کہ میں اپنی مدد کے لئے کوکل وزیر کی صاحبزادی شومی کو بلالوں۔ شہزادی نونا باپ کی گردن میں بانہیں ڈال کر بولی۔ ضرور بلالو بیٹی، ایک اور ایک گیارہ ہوتے ہیں۔ لیکن ذرا جلدی شرطیں تیار کرنا، تاکہ اس کے بعد میں مقابلے کی تاریخ کا سارے ملکوں میں اعلان کر دوں۔

آپ فکر نہ کریں ابا حضور! میں زیادہ سے زیادہ آٹھ گھنٹے لگاؤں گی۔ شہزادی نونا

نے انتہائی سعادت مندی سے کہا۔ اس کے بعد اشلو بادشاہ نے اسے جانے کی اجازت دے دی اور وہ سیدھی کوکل وزیر کے گھر چلی گئی، وہاں جونہی اس کی گہری سہیلی شومی نے اُسے دیکھا تو دوڑ کر اس کے گلے سے لگ گئی اور ہنس کر بولی: آج پیاری نونا کیسے راہ بھول کر ہمارے گھر آگئی ہے! نونا مسکرا کر بولی: " آج کوئی پہلی بار آئی ہوں۔ روز ہی تو آتی ہوں، کیوں جھوٹ بولتی ہو " کیوں ؟

شہزادی نونا نے شرارت سے اس کے بال کھینچے۔ پھر دونوں سہیلیاں ایک کمرے میں جا بیٹھیں اور شہزادوں کے آگے رکھنے کے لئے شرطیں سوچنے لگیں۔ کافی دیر غور

کرنے پر بھی جب اُنہیں کوئی شرط نہ سوجھی تو وہ اُداس ہو گئیں اور غمناک آنکھوں سے ایک دوسرے کو دیکھنے لگیں۔ اسی وقت کوکل وزیر ادھر آگیا اور اُنہیں اداس دیکھ کر حیران رہ گیا۔ " ارے کیا ہوا میری بیٹیوں کو، کیوں چہرے لٹکا کے بیٹھی ہو۔ "

اُس نے باری باری دونوں کو دیکھا اور پیار سے پوچھا۔ جواب میں شومی نے جھٹ اپنے باپ کو اصل بات بتادی۔

" تو اس میں فکر کرنے کی کون سی بات ہے۔ "

کوکل وزیر نے ہنس کر کہا۔ " میں تمہیں شرطیں بتادیتا ہوں۔ یہ شرطیں ایسی ہیں جنہیں صرف ذہین اور بہادر شہزادہ ہی حل کر سکے گا۔ یہ کہہ کر کوکل وزیر اُن کے کان میں کھسر پھسر کرنے لگا جس پر دونوں سہیلیوں کی آنکھیں خوشی سے چمک اٹھیں۔ اور وہ دوڑتی ہوئی بادشاہ کے پاس آگئیں۔ اشلو بادشاہ کو جب اُنہوں نے ان

شرطوں سے آگاہ کیا تو وہ بہت خوش ہوا۔ " بھئی بہت اچھی شرطیں ہیں۔ میں تمہیں اتنی اچھی شرطیں سوچنے پر مبارک باد دیتا ہوں اور ایک ایک سچے ہیروں کا ہار بطور تحفہ دیتا ہوں" اس کے ساتھ ہی اشلو بادشاہ نے اپنے گلے میں سے بے شمار قیمت قیمتی ہاروں میں سے دو ہار نکال کر انہیں بخش دیئے۔ جنہیں پا کر دونوں سہیلیاں پھول کر کپا ہو گئیں۔ اگلے روز اشلو بادشاہ نے تمام ملکوں میں ڈھنڈورچی بھیج کر اعلان کر دیا کہ میں عنقریب اپنی اکلوتی بیٹی شہزادی نونا کی شادی کر رہا ہوں۔ شادی اُس شہزادے سے کروں گا جو ان شرطوں کو پورا کرے گا۔ شرطیں یہ ہیں کہ کوہ قاف کی چوٹی پر رہنے والے جن کمبل کی ناک کاٹ کر لانا ہے۔ اشلو کی جنگل سے ہرنوں کی ملکہ تانتی کو پکڑ کر لانا ہے، اور شہزادی نونا کو اسکی سہیلیوں کے جھرمٹ میں سے پہچاننا ہے۔

تینوں شرطوں کو چودہویں رات کے چاند کے آنے سے پہلے پہلے پورا کرنا ہے۔ شہزادوں نے ان شرطوں کو سنا تو وہ انہیں پورا کرنے کیلئے فوراً روانہ ہو گئے کیونکہ شہزادی بہت خوبصورت تھی اور وہ ضرور اس سے شادی کرنا چاہتے تھے لیکن شرطیں اتنی مشکل تھیں کہ کسی سے پوری نہ ہوئیں۔ کسی شہزادے کو کوہ قاف کا جن کمبل کھا گیا اور کسی شہزادے کو اشلو کی جنگل میں رہنے والے ہرنوں نے مار دیا۔ البتہ ملک زلوم کے شہزادے تلام نے پہلی دونوں شرطیں پوری کر دیں کیونکہ وہ بہت بہادر شہزادہ تھا۔ عقلمند بھی بہت تھا۔ وہ کوہ قاف اس وقت پہنچا جب جن کمبل نہا رہا تھا۔ شہزادہ تلام ایک بڑے پتھر کے پیچھے چھپ کر اسے نہاتے دیکھتا رہا اور جونہی اُس نے منہ پر صابن لگایا شہزادے نے جلدی سے جا کہ اُسترے سے اُس

کی ناک کاٹ لی۔ کمبل جن نے زور سے چیخ مار کر آنکھیں کھول دیں اور شہزادے کو پکڑنے لگا مگر اُسکی آنکھوں میں صابن چلا گیا جس سے شہزادے کو بھاگ آنے کا موقع مل گیا۔ ہرنوں کی ملکہ تانتی کو بھی شہزادے نے عقل سے کام لے کر پکڑ لیا۔

وہ ہری ہری گھاس کھا کر لیٹی ہوئی تھی۔ باقی ہرنیاں کے گروہ پہرہ دے رہی تھیں کہ شہزادے نے ایک بڑے سے درخت پر چڑھ کر اور پتوں میں چھپ کر زور زور سے ہاؤ ہاؤ کرنا شروع کر دیا۔ اُس کے اس طرح کرنے سے ملکہ تانتی کی نیند خراب ہوگئی۔

اس نے سب ہرنیوں کو حکم دیا:" جس کسی نے بھی یہ حرکت کی ہے مار مار کہ اس کی ہڈی پسلی ایک کر دو۔ یہ حکم ملتے ہی ساری ہرنیاں فوراً جنگل میں پھیل گئیں اور شہزادے تلام کو تلاش کرنے لگیں۔

تب شہزادہ میدان صاف دیکھ کر درخت سے اتر آیا اور آہستہ آہستہ ملکہ تانتی کی طرف بڑھنے لگا ملکہ کا منہ دوسری طرف تھا۔ لہٰذا شہزادے نے اس کے پاس پہنچ کر جھٹ اُس کے منہ پر ہاتھ رکھ دیا، تاکہ ملکہ تانتی آواز نہ نکال سکے اور اُسے اُٹھا کر پھر اسی درخت پر چڑھ کے چھپ گیا۔ ملکہ تانتی نے جان چھڑانے کے لئے بہت زور لگایا مگر شہزادے نے اُسے مضبوطی سے پکڑے رکھا۔ ہرنیاں سارا جنگل گھوم کر واپس آئیں تو اپنی ملکہ کو غائب پا کر زور زور سے رونے لگیں اور پھر ڈر کر ندی کی طرف بھاگ گئیں۔ تب شہزادہ تلام ہرنوں کی ملکہ تانتی کو لے کر جنگل سے نکل آیا۔ یوں اُس نے اشلو کی بادشاہ کی دو شرطیں پوری کر دیں۔ اور سیدھا اُس کے دربار میں چلا گیا۔ اشلو بادشاہ کو جب پتہ چلا کہ شہزادہ تلام نے دو شرطیں پوری کر

دی ہیں تو وہ بہت خوش ہوا، کیونکہ وہ بھی یہی چاہتا تھا شادی شہزادے تلام سے ہوتا کہ اُس کی بیٹی کو بہادر اور عقل مند نوجوان ملے۔ شہزادی نونا کو بھی بہت خوشی ہوئی۔ وہ بھی دل ہی دل میں شہزادے تلام کو پسند کرتی تھی اور اُس سے شادی کرنا چاہتی تھی۔ جب بادشاہ نے شہزادے تلام کے آگے تیسری شرط رکھی کہ آج رات جب چودھویں رات کا چاند ہر طرف چاندنی بکھیر رہا ہوگا۔ شہزادی نونا اپنی سہیلیوں کے ساتھ باغ کی سیر کو جائے گی، تم کو اُسے پہچانتا ہے۔

شہزادے تلام نے کہا: "ٹھیک ہے، میں اس شرط کو بھی پورا کروں گا"۔ اور رات ہونے کا انتظار کرنے لگا۔ رات ہوئی تو شہزادی نونا نے کنیزوں جیسا لباس پہنا جس میں اُس کی شناخت کرنا بہت مشکل ہو گیا تھا۔ سہیلیوں کو اُس نے سختی سے منع کر دیا تھا کہ وہ اُسے شہزادی صاحبہ بالکل نہ کہیں۔ اس کی بجائے، اُس کا نام کن کن کنیز پکاریں۔ تاکہ شہزادہ تلام اُسے پہچان نہ لے۔ وہ سہیلیاں سیر کرتی ہوئی جونہی باغ کے فواروں پر پہنچی اور سہیلیوں کے ہمراہ شاہی باغ میں چلی گئی۔ اب وہ بالکل شہزادی نہیں لگ رہی تھی، بلکہ اتنی سہیلیوں کے پاس پہنچیں تو وہاں اُنہوں نے ایک سفید داڑھی والے بوڑھے کو بیٹھے ہوئے دیکھا۔

وہ بوڑھا زور زور سے کہہ رہا تھا۔ جس کو جو بات پوچھنی ہے پوچھ لے۔ شہزادی نونا اور اس کی سہیلیاں بوڑھے کا اعلان سن کر کھل اُٹھیں اور سیدھی اُس کے پاس چلی گئیں اور باری باری اُس سے اپنے دل کی بات پوچھنے میں سب سے پہلے شہزادی نونا جو کن کن کنیز بنی ہوئی تھی نے بوڑھے سے پوچھا:

"میری شادی کس سے ہوگی؟" شہزادے تلام سے۔ بوڑھے نے اُس کے

چہرے کی طرف دیکھتے ہوئے کہا۔

شہزادی یہ سن کر شرم سے لال ہو گئی۔ پھر فوراً بولی:" مگر میں ایک کنیز ہوں میری شادی شہزادے تلام سے کیسے ہو گی؟ "

بس ہو جائے گی میں نے جو کہہ دیا ہے، بوڑھے نے کہا۔ شہزادی نے خوش ہو کر اپنے سر کا ایک بال توڑ کر انعام میں اسے دیا اور پیچھے ہٹ گئی، اس کے بعد کو کل وزیر کی بیٹی شومی کی باری آئی اور اس نے بھی بوڑھے سے پوچھا۔ "میری شادی کس سے ہوئی؟ " بوڑھے نے اُسے بھی کہا کہ شہزادے تلام سے شومی یہ سن کر ہنس پڑی۔ پھر اُس نے اپنی انگوٹھی اُتار کر انعام میں دے دی۔ اسی طرح ساری لڑکیوں نے بوڑھے سے یہی پوچھا۔ بوڑھے نے سب کو یہی جواب دیا۔ وہ کوئی نہ کوئی قیمتی شے انعام میں دے دیتیں۔ جب ساری لڑکیوں نے سوال پوچھ لئے، تو اُس بوڑھے نے اپنی داڑھی اور کپڑے اُتار پھینکے۔

لڑکیاں یہ دیکھ کر دنگ رہ گئیں، وہ تو شہزادہ تلام تھا۔ اگلے روز شہزادہ تلام نے بادشاہ کو بتایا کہ جس لڑکی نے مجھے بال انعام میں دیا تھا وہ شہزادی نونا ہے تو بادشاہ نے اُن دونوں کی شادی کر دی ہے۔

❊ ❊ ❊

دو دوست

گنگا رام اور موتی رام دونوں وظیفہ یاب ضعیف حضرات ایک چھوٹے سے گاؤں میں ایک دوسرے کے آمنے سامنے رہتے تھے۔ ان دونوں کی اولادیں بیرون ملک میں رہتی تھیں۔ وہ دونوں اکیلے رہتے تھے۔ اس لیے دونوں میں خوب جمتی تھی۔ صبح اٹھ کر دونوں ایک ساتھ سیر کو جاتے اور آتے وقت سبزی ترکاری لاتے۔ آتے وقت کسی ایک مقام پر بیٹھ کر گپ شپ کرتے۔

گنگا رام، موتی رام کے لیے اکثر دو پہر کا کھانا بناتا تو کبھی موتی رام، گنگا رام کے لیے رات کا کھانا بنا لیتا۔ ان دونوں کو بہت اچھا پکوان نہیں آتا لیکن وہ ایک دوسرے کے دوست تھے اس لیے کبھی بھی کھانے سے متعلق تکرار نہ کرتے تھے۔

ایک دن گنگا رام نے دل ہی دل میں سوچا کہ "کیوں نہ میں ایک پنجرہ خریدوں اور اس میں ایک طوطا پالوں اور اسے بات کرنا سکھاؤں گا تا کہ مجھے ایک ساتھی مل جائے۔"

گنگا رام بازار گیا اور طوطے کے ساتھ پنجرہ خرید لایا۔ وہ طوطے کو باتیں کرنا سکھانے لگا۔ بہت دن گزر گئے لیکن اس طوطے نے کوئی بات کرنا نہیں سیکھا۔ اس

کے بجائے وہ زور زور سے چلانے لگا۔

اس آواز کو سن کر موتی رام اس سے خفا ہونے لگا۔ ایک تو گنگا رام اس طوطے کو باتیں سکھانے میں گھنٹوں صرف کرنے لگا اور موتی رام سے ملنے جلنے میں کمی واقع ہو گی۔ طوطے کے بار بار چلانے سے موتی رام کا غصہ آسمان پر چڑھ گیا۔

اب اس نے خود سے کہا کہ یہ بہت ہو چکا۔ گنگا رام نے طوطا خرید کر اپنے آپ کو بڑا ہوشیار سمجھنے لگا ہے۔ میں بھی بازار سے دو طوطے خرید تا ہوں جو اس سے زیادہ آوازیں کریں۔ پھر دیکھتے ہیں کیا ہوتا ہے؟"

موتی رام جلدی جلدی بازار گیا اور بڑی آواز والا طوطا تلاش کرنے لگا۔ اسے اس طرح کا کوئی پرندہ نہیں ملا۔ بالآخر وہ غصے کی حالت میں گھر کی طرف روانہ ہوا۔ اس وقت ایک کسان وہاں سے گزر رہا تھا اس نے موتی رام کی بڑ بڑ سنی تو کہنے لگا" کیا تمھیں اونچی آواز والا پرندہ چاہیے یا صرف طوطا؟

مجھے صرف اونچی آواز والا پرندہ چاہیے۔ موتی رام نے کہا۔

کسان نے کہا کہ ٹھیک ہے۔ میرے پاس ایک مرغا ہے جس کی کرخت آواز سے میں بھی پریشان ہوں۔ آپ میرے ساتھ چلو اور مرغا لے جاؤ۔ تم مجھے اس کی کوئی قیمت بھی نہ دیں تو کوئی بات نہیں۔

اس طرح اونچی آواز والا مرغا موتی رام کو مل گیا۔ گھر آنے کے بعد اس نے طوطے کے سامنے والی کھڑکی میں مرغے کو رکھ دیا۔

موتی رام مرغے سے مخاطب ہوا"اب چلاؤ۔ اتنی زور سے آواز کرو کہ اسے سن کر طوطے کی آواز اس میں مدغم ہو جائے۔

مرغے کو کچھ کہنے کی ضرورت نہیں تھی وہ تو صرف کسی مقام پر سکون سے بیٹھ کر آوازیں کرنا چاہتا تھا۔ کھڑکی میں بیٹھ کر وہ مرغا زور زور سے آوازیں کرنے لگا۔

مرغے کی آواز سن کر گنگارام اس کے گھر کی طرف دیکھنے لگا اور سوچنے لگا کہ میرے طوطے کی حرص میں موتی رام نے یہ مرغا لے آیا؟ اور یہ بے وقوفی کر بیٹھا۔

اب دن بھر طوطے اور مرغے کی آواز سن کر گنگارام کا سر چکرانے لگا۔ شام کو گنگارام، موتی رام کے پاس گیا اور اس سے کہنے لگا "میرے پاس طوطے ہونے کی وجہ سے تم نے یہ مرغا لایا؟ یہ کیا بے وقوفی کر بیٹھے۔ جلد ہی اس کا بندوبست کرو اور اس آواز سے چھٹکارا پاؤ۔"

غصے میں موتی رام نے کہا یعنی میں بے وقوف ہوں ؟ تم اپنے الفاظ واپس لو۔ اصل میں بے وقوف تو تم ہو جو طوطے کو لے آئے۔"

یہ سن کر گنگارام آگ بگولہ ہو گیا اور کہنے لگا میں اور بے وقوف ؟ اپنی زبان کو لگام دو ورنہ زبان کاٹ ڈالوں گا۔

اب دونوں زور زور سے جھگڑنے لگے۔ ان کا جھگڑا دیکھنے لوگ جمع ہو گئے۔ بعض لوگ جھگڑا مٹانے کی کوشش کر رہے تھے لیکن وہ بے سود ہوا جا رہا تھا۔

اس دوران ایک اندھی عورت اپنی نواسی کے ساتھ وہاں سے گزر رہی تھی اس نے اپنی نواسی سے پوچھا "کس بات پر؟ کس بات پر جھگڑا ہو رہا ہے؟ جاؤ اور دیکھ کر آؤ۔ لڑکی نے وہاں موجود لوگوں سے جھگڑے کے بارے میں دریافت کیا لیکن اسے کوئی خاص وجہ معلوم نہیں ہو سکی۔

لڑکی نے نانی سے جا کر کہا کہ بات تو سمجھ میں نہیں آئی لیکن طوطے اور مرغے

پر سے جھگڑا ہو رہا ہے۔ بوڑھی نے کہا طوطا! ہاں ٹھیک ہے اس کی آواز مجھے سنائی دے رہی ہے۔ اس کی آواز سے سر درد ہوتا ہے۔ دوسرا پرندہ کون سا ہے؟
لڑکی نے کہا" مرغا، مجھے اس کی آواز سنائی دے رہی ہے۔" بوڑھی نے کہا مجھے بھی اس مرغے کی آواز سنائی دے رہی ہے۔ اب میری سمجھ میں آ گیا کہ جھگڑے کی کیا وجہ ہے۔ بوڑھی نے لڑکی سے کہا کہ تم میرے قریب آؤ مجھے تم سے ایک راز کی بات کرنی ہے۔

تھوڑی دیر میں موتی رام اور گنگا رام جھگڑا کر کے تھک گئے۔ پسینے میں شرابور ہو کر وہ نیچے بیٹھ گئے۔ تماشائی بھی ادھر ادھر ہو گئے۔

بہت دیر تک وہ ایک دوسرے سے کچھ بات نہ کر سکے۔ اس کے بعد انھوں نے محسوس کیا کہ انھیں نہ تو طوطے کی آواز آ رہی ہے اور نہ ہی مرغے کی۔ وہ آہستہ آہستہ اٹھ کر اپنی اپنی کھڑکیوں میں جھانکنے لگے۔ دونوں کھڑکیاں خالی تھیں وہ نہ تو طوطا تھا اور نہ ہی مرغا۔

اس واقعہ کے بعد انھیں ایک دوسرے کی طرف دیکھنے سے بھی شرم محسوس ہونے لگی۔ لیکن چند دنوں بعد ترکاری خریدتے ہوئے ایک دوسرے سے ملاقات ہو گی۔ انھوں نے ایک دوسرے کا حال چال دریافت کیا۔ لیکن انھوں نے نہ تو طوطے اور نہ ہی مرغے کے بارے میں کچھ کہا ہو گا۔

کسی نے نہ تو دوبارہ طوطا دیکھا اور نہ ہی مرغا۔ اندھی عورت اور اس کی نواسی نے کیا کیا کسی کو پتہ نہیں۔

***

چالاک اونٹ

ایک دفعہ کا ذکر ہے کہ ایک بدو اپنے اونٹ پر سوار سفر کر رہا تھا۔ راستے میں رات ہو گئی تو بدو نے خیمہ تان لیا اور اونٹ کو خیمے کی کیل کے ساتھ باندھ دیا۔ کھانے سے فارغ ہو کر بدو سونے کے لیے لیٹا ہی تھا کہ اتنے میں اونٹ نے آواز دی، "میرے اچھے مالک! باہر ٹھنڈی ہوا چل رہی ہے اور میری ناک سردی سے ٹھٹھر کر رہ گئی ہے۔ اجازت دو تو میں اپنی ناک ذرا خیمے کے اندر کر لوں۔"

"ہاں تم ناک خیمے کے اندر کر سکتے ہو۔" بدو نے جواب دیا۔

بدو ابھی اونگھ بھی نہ پایا تھا کہ اونٹ کی آواز پھر آئی،

"اچھے مالک سردی زیادہ ہے اگر اجازت دو تو میں اپنی گردن خیمے کے اندر کر لوں۔"

"اچھا کر لو"۔ بدو پھر سونے کی کوشش کرنے لگا۔ اونٹ نے پھر آواز دی۔

"اچھے مالک! مہربانی فرماؤ میں سردی سے اکڑنے لگا۔ ہوں بس ذرا اگلی ٹانگیں خیمے کے اندر کرنے دو پھر میں آپ کو تکلیف نہ دوں گا۔"

ہاں ہاں کر لو تمہیں اجازت ہے۔ بدو اتنا کہہ کر پھر سونے لگا

تھوڑی دیر گزری ہو گی کہ گھبرا کر اٹھ کھڑا ہوا۔

اونٹ اپنے سارے جسم کو خیمے کے اندر داخل کرنے کی کوشش میں تھا اس نے اب اجازت لینا بھی ضروری نہیں سمجھا تھا۔ بدو سخت تلملایا۔ مگر اونٹ نے اس کے غصے کی ذرا پرواہ نہ کی اور بڑے ٹھاٹ سے خیمے کے اندر گھس گیا۔ بدو کے لیے اب سونے کو تو کیا بیٹھنے کی جگہ بھی نہیں تھی۔ اس نے اونٹ کو ڈانٹ ڈپٹ کر باہر نکالنا چاہا لیکن اونٹ اس کی کب سننے والا تھا۔ وہ مزے سے خیمے میں بر اجمان ہو گیا۔ ناچار بدو کو خیمے سے باہر نکل کر رات بھر سردی میں ٹھٹھر نا پڑا۔

٭٭٭

صحراکا جادوگر

مدتیں گزری جب کٹنگا افریقہ کے ایک مشہور ملک کے سب سے بڑے صحرا میں وہاں کا بادشاہ نینی پوں شکار کھیلنے گیا۔ یہ بادشاہ بے حد لالچی اور خود غرض انسان تھا۔ اس نے زندگی بھر دوسروں کی دولت سے اپنا خزانہ بھرا تھا اور جس نے کبھی رعایا کی فلاح و بہبود پر کچھ خرچ نہ کیا تھا۔ ہر چند نینی پوں ظالم نہ تھا مگر دوسروں کی حق تلفی بذات خود ایک ظلم ہوا کرتی ہے اور نینی پوں میں یہ خرابی موجود تھی۔ شکار کھیلتے ہوئے نینی پوں اچانک راستہ بھول بیٹھا اس کے ہمراہ اس کے چار وزیر بھی تھے۔ وہ اپنے سپاہیوں سے بچھڑ گیا اور جنگل میں دور جا نکلا۔

اچانک انہیں اس صحرا کے جنگل میں جہاں کہیں کہیں کھجور کے درخت تھے ایک نخلستان دکھائی دیا۔ وہاں ایک بوڑھا مکار شخص موجود تھا۔ اس کا سیاہ اور مکروہ چہرہ بتا رہا تھا کہ یہ شخص بوڑھا ضرور ہے مگر مہمان نواز اور درست آدمی نہیں ہے۔ وہ شخص اس صحرا کا ایک جادوگر تھا جو مدتوں سے اس نخلستان میں تنہا رہتا تھا۔ وہ ادھر سے گزرنے والے ہر قافلے کو لوٹ لیتا تھا اور انہیں اپنے جادو کے زور سے جانور بنا دیتا تھا۔ اور پھر وہ لوٹی ہوئی ساری دولت اسی صحرا کے قلعے کے نیچے دفن کر دیا کرتا تھا۔ گویہ دولت اس کے کسی کام نہ آسکتی تھی مگر لالچ انسان کو خود غرض بنا

دیا کرتا ہے اور یہ جادوگر بھی بادشاہ سے زیادہ لالچی اور خودغرض واقع ہوا تھا۔ بادشاہ کو دیکھتے ہی وہ تاڑ گیا کہ ہو نہ ہو یہ بادشاہ ہی ہے اور اسے معلوم تھا کہ یہ بادشاہ نینی پوں اس دور میں دنیا کا دولت مند اور لالچی شخص ہے۔ چنانچہ اس نے بادشاہ کو لوٹنے کا پروگرام بنالیا۔ وہ جانتا تھا کہ بادشاہ کے پاس اس وقت کچھ بھی نہیں ہے مگر بادشاہ کے خزانے سے دولت وہاں منگوائی جا سکتی تھی۔ یہ اس کا کام تھا اور وہ کبھی اپنے کام میں ناکام نہ ہوا تھا چنانچہ وہ بادشاہ کے قریب گیا اور جھک کر بولا، "علی جناب! بندے کے یہ نصیب کہ آپ یہاں تشریف لائے۔ میں آپ کی کیا خدمت کر سکتا ہوں؟"

بادشاہ نے حیرانی سے پوچھا، "یہ تم نے کیسے جان لیا کہ میں بادشاہ ہوں؟"

جادوگر بوڑھے نے کہا، "رات خواب میں میرے استاد مرحوم نے مجھے بتا دیا تھا اور آپ کو ایک مشورہ دینے کا حکم بھی دیا تھا۔"

بادشاہ بے حد خوش ہوا اور اس نے پوچھا کہ: بتاؤ، تمہیں کیا مشورہ دینے کے لیے کہا گیا تھا؟"

مگر جادوگر نے کہا، "آپ کی خاطر و مدارت میرا فرض ہے آپ بادشاہ ہیں اور میں رعایا۔ پہلے مجھے فارغ ہونے دیجیے پھر سب بتاؤں گا"۔ چنانچہ وہ اپنے چھوٹے سے مکان میں جو وہاں بنایا گیا تھا چلا گیا اور جادوگر نے جادو کے زور سے بے شمار کھانے اور مشروبات وہاں جمع کر کے بادشاہ کے حضور پیش کر دیے۔ بادشاہ نے جب یہ سب کھایا تو اسے بہت لطف آیا۔ وہ حیران تھا کہ یہ شخص اس نخلستان میں یہ سب کچھ کیسے اور کہاں سے لے آیا؟ مگر اسے اس سے کیا سروکار وہ تو اس اُلجھن میں

تھا کہ بوڑھا شخص اسے کیا مشورہ دینے والا تھا۔ کھانے کے بعد بادشاہ نے مشورے کے بارے میں پوچھا، تو بوڑھے شخص نے بتایا کہ وہ تنہائی میں ساری بات کرے گا۔ بادشاہ نے وزیروں کو وہاں سے جانے کا حکم دیا۔ جادوگر نے بادشاہ سے کہا:

"عالی جناب! میں عرصہ ۹۰ سال سے یہاں آپ کے لیے ہوں اور میرے مرشد نے کہا ہے کہ جب میں پورے ۹۰ سال کا ہو جاؤں گا تو میرے ۹۰ سال پورے ہونے والے دن مجھے اس مکان میں دولت میں دبا دیا جائے گا اور وہ دولت جس میں مجھے دبایا جائے گا وہ سو گنا بڑھ جائے گی۔ پرسوں وہ دن آنے والا ہے اور اس سے پہلے خدا نے آپ کو یہاں بھیج دیا ہے۔ میں مشورہ دوں گا کہ آپ اس سنہری موقع سے فائدہ اٹھائیں۔"

بادشاہ کا چہرہ خوشی سے تمتما اٹھا۔ اس نے کہا میں پرسوں ضرور اپنی ساری دولت لے کر یہاں آجاؤں گا۔ بوڑھے نے کہا مگر یہ کام سورج ڈھلنے سے پہلے ہو سکے گا بعد میں وقت گزر جانے کے بعد کچھ نہ ہو سکے گا۔ بادشاہ شکریہ ادا کر کے چلا گیا اور کسی سے اس نے کوئی بات نہ کی۔ تیسرے دن وہ اپنی ساری دولت ۱۰۰ اونٹ پر لاد کر انہی چار وزیروں کے ہمراہ وہاں آ گیا۔ کسی بھی سپاہی یا ساتھی کو اس نے نہ کچھ بتایا اور نہ ساتھ لانا مناسب سمجھا۔ سورج نکلنے سے پہلے وہ بوڑھے کے پاس صحرا میں پہنچ چکا تھا۔ بوڑھے نے جب تیر نشانے پر بیٹھا پایا تو اس نے وزیروں کو مشورہ دیا کہ وہ زمین میں گڑھا کھود کر ساری دولت دبا دیں۔ اور اس کے ساتھ پھر اس بھی اسے بھی دبا دیا جائے۔

وزیر اس ساری کاروائی پر حیران تھے مگر وہ بادشاہ کے سامنے کیا بول سکتے

تھے۔ دوپہر تک جب وہ ایسا کر کے فارغ ہو چکے تو بوڑھے کے چہرے پر مکاری زیادہ دکھائی دے رہی تھی۔ اچانک وہ گھر میں گیا اور اس نے ایک بڑا سا ربڑ کا تھیلا نکالا اور کچھ پڑھنے لگا۔ بادشاہ نے دیکھا کہ اس کے چاروں وزیر مرغ بن گئے تھے اور بوڑھے کے تھیلے میں گُھس رہے تھے بوڑھے نے تھیلے کا منہ بند کر دیا اور اسے بھی زمین میں دبا دیا۔ پھر وہ بادشاہ سے بولا:

عالی جناب! مجھے مدت سے آپ کی اور آپ کی اس دولت کی تلاش تھی۔ جو آپ نے رعایا سے لوٹ کر جمع کی ہے اور میں اب وہ حاصل کرنے میں کامیاب ہو چکا ہوں میں چاہوں تو آپ کو ہلاک کر سکتا ہوں مگر میں ایسا نہیں کروں گا۔ میں تمہیں مرغ بھی نہیں بناؤں گا البتہ شتر مرغ بنا کر اس صحرا میں آوارہ گھومنے کے لیے چھوڑ دوں گا۔ تم عمر بھر یہاں بھٹک بھٹک کر مر جاؤ گے اور اپنا مدعا بیان نہ کر سکو گے۔ بادشاہ نے بہت منت سماجت کی مگر وہ بھلا بادشاہ کو کیسے چھوڑ دیتا۔ اس نے ایسا ہی کیا جادو کے زور سے بادشاہ کو شتر مرغ بنا دیا اور صحرا میں چھوڑ دیا۔ مدتوں بادشاہ آوارہ گھومتا رہا وہ جانتا تھا کہ اگر وہ اپنی سلطنت میں واپس گیا تو رعایا اس کا شکار کرے گی اور خود اس کا بیٹا بھی جو اب ضرور بادشاہ بن چکا ہو گا۔ اسے نہیں پہچانے گا وہ کس قدر مجبور اور بے بس تھا وہ یوہی گھومتا اور زندگی گزارتا رہا۔

ایک دن اس نے اپنے ایک حبشی غلام کو اکیلے میں صحرا میں پیدل سفر سے نڈھال دیکھا تو اس کے پاس گیا اور اس نے اپنے پنجے سے زمین پر لکھ کر اسے بتایا کہ وہ شتر مرغ نہیں انسان ہے اور اس ملک کا بادشاہ بھی ہے۔ اور یہ بھی بتا دیا کہ اس کے ساتھ کیا بیتی ہے؟ حبشی غلام غصے میں آ کر بولا، " مجھے بتا دو وہ شخص کون ہے؟

میں اُسے ہلاک کر دوں گا۔"

چنانچہ شتر مرغ بادشاہ نے اسے مشورہ دیا کہ وہ اس پر سوار ہو جائے تو وہ اس سے جادوگر کے پاس لے جائے گا۔ جب وہ وہاں پہنچے گا تو قریب چھپ جائے گا اور جادوگر کے سونے کا انتظار کرے گا۔ اور اس طرح جب جادوگر سو رہا ہو گا وہ اسے تلوار سے قتل کر کے دولت بھی وہاں سے نکال لے گا اور جادوگر کا جادو ختم ہونے سے وہ پھر پہلے جیسا بادشاہ بن جائے گا۔ چنانچہ شتر مرغ پر سوار حبشی غلام وہاں پہنچا اور کھجور کے درختوں کے پیچھے چھپ گیا بوڑھے کو شتر مرغ سے کیا ہمدردی تھی؟ اس نے شتر مرغ کو دیکھا اور سوکھی روٹی کھانے کو دی شتر مرغ اسے کھا کر زمین پر لیٹ گیا جیسے سو گیا ہو۔ بوڑھا بھی ایک کھجور کے درخت کے نیچے چٹائی بچھا کر سو گیا۔ اچانک شتر مرغ اٹھا اور اس نے اپنی ملازم کو اطلاع دی کہ بوڑھا سو چکا ہے۔

چنانچہ اس حبشی غلام نے بڑی احتیاط سے قریب جا کر جادوگر پر اتنا بھرپور وار کیا کہ وہ ہلاک ہو گیا اور جو ہی وہ ہلاک ہوا بادشاہ پھر سے بادشاہ بن گیا اور اس کے چاروں وزیر بھی جو زمین میں دبا دیے گئے تھے۔ پھر زمین سے زندہ نکل آئے۔ اس طرح بادشاہ نے زمین سے اپنی ساری دولت ملی اور واپس آ کر اپنی سلطنت میں لوٹا دیا اور بادشاہ کا بیٹا جو اسے مردہ خیال کر کے چپ ہو رہے تھے اسے دیکھ کر حیران رہ گئے۔ بادشاہ نے رعایا سے حاصل کردہ ساری دولت رعایا میں تقسیم کر دی۔ اور اس حبشی غلام کو اپنا وزیر اعظم بنالیا اور رعایا سے دولت لوٹنے اور بے جا تنگ کرنے سے ہمیشہ ہمیشہ کے لیے توبہ کر لی۔

***

چاچا گدھ

میں کبھی گِدھوں کے بارے میں سوچتا بھی نہ تھا گِدھوں کے بارے میں سوچتا بھی کون ہے! وہ نہ تو خوبصورت ہیں اور نہ ہی ان کی آواز ایسی سُریلی ہے جسے سنا جائے بلکہ وہ تو شور مچانے والے بدصورت اور بدبودار پرندے ہیں۔ ان میں کوئی ایسی خاص بات نہیں جو لوگ ان سے محبت کریں۔ میرے والد ایک کسان ہیں وہ اپنی زمینوں پر باجرہ، تل اور پھلیاں اُگاتے ہیں۔ ہمارے پاس ہر طرح کے جانور بھی ہیں۔ اسکول سے آنے کے بعد گھر میں ہمیشہ کچھ نہ کچھ کام کرنے کو ہوتا لہذا ہمیں کھیلنے کو مشکل ہی سے وقت ملتا۔

میں اس بارے میں کوئی شکوہ نہیں کر رہا کیونکہ میں نے اپنا بچپن بہت اچھا گزارا اور ہمارے والدین نے اس بات کا بہت خیال رکھا کہ ہمیں کوئی کمی نہ ہونے پائے۔ ہمارے علاقے میں موسم زیادہ تر گرم اور خشک رہتا تھا۔ جب یہ گرمی ناقابل برداشت ہو جاتی تو ہمیں پانی کی کمی کا سامنا کرنا پڑتا اور ہمارے بہت سے جانور پیاس سے مر جاتے۔ جب بھی کوئی جانور مرتا تو اس کے مردہ جسم کو کھیت کے باہر لے جاکر چھوڑ دیا جاتا تا کہ پرندے اور دوسرے جانور آکر انہیں کھا لیں۔ ایک سال ہمارے گاؤں میں خشک سالی ہوئی اس سال ہمارا بہت نقصان

ہوا۔ فصلیں خراب ہو گئیں اور جانور مرنے لگے ہماری دو بکریاں اور ایک گائے مر گئیں۔ میں نے اور میرے بھائی نے مردہ جانوروں کو کھیت سے باہر لے جا کر چھوڑ دیا تاکہ گدھ اور دوسرے جانور آ کر انہیں کھا لیں۔ اگلی صبح اسکول جاتے ہوئے میں نے دیکھا کہ مردہ جسم اب تک وہیں پڑے ہوئے ہیں۔ جو کوئی ایسی خلاف معمول بات نہیں تھی کیونکہ اکثر گدھوں اور دوسرے جانوروں کو مردہ جانور خانے میں دو تین دن لگتے تھے مگر آج کسی چیز کی کمی محسوس ہو رہی تھی۔ ہاں آج گدھ نہیں تھے۔

مجھے یہ بات بہت عجیب لگی ہمیشہ تو گدھ مردہ جانوروں کے ارد گرد جمع ہوتے اور بوٹی بوٹی کے لیے لڑ رہے ہوتے تھے۔ مگر آج کوئی بھی نہ تھا میں اسکول پہنچنے تک اس بارے میں سوچتا رہا مگر جب پڑھائی شروع ہوئی تو سب کچھ بھول کر پڑھائی میں لگ گیا۔ اس دوپہر گھر آ کر جب میں اور بھائی صفائی کر رہے تھے تب مجھے یاد ایا بھائی کیا آپ نے آج کوئی گدھ دیکھا، میں نے پوچھا، بھائی تھوڑی دیر سوچنے کے بعد بولے، "نہیں! میں نے آج کوئی گدھ نہیں دیکھا۔"

"کافی عجیب بات معلوم ہوتی ہے کہ باہر دو موٹے تازے جانور مرے پڑے ہیں اور گدھ ہی نظر نہیں آ رہا ہے!"

"بالکل صحیح! میں بھی یہی سوچ رہا تھا" مگر وہ تو صرف گدھ ہیں ان کی کسی کو کیا فکر ہو؟ عجیب بات تو یہ تھی کہ میں ان کے بارے میں سوچ رہا تھا اور میں نہیں جانتا کیوں؟

کچھ دنوں بعد اپنے گھر والوں کے ساتھ ناشتہ کرتے ہوئے میں نے اپنے والد

کے ساتھ والدہ کو باتیں کرتے ہوئے سنا: "کیا تم نے سنا ہے کہ خشک سالی کے بعد سے بہت کم گدھ نظر آرہے ہیں ؟" میرے والد نے کہا۔ "خاص طور پر جانوروں کے مردہ جسم ادھر اُدھر پڑے ہونے کی وجہ سے سارا علاقہ غلیظ لگ رہا ہے۔ میں نے سنا ہے کہ سائنس دانوں کی ٹیم یہاں یہ پتہ کرنے کے لیے آرہی ہے کہ گدھ اچانک کہاں غائب ہو گئے۔"

اس دن میں اسکول جاتے ہوئے اس بارے میں سوچتا رہا آخر سائنسدان ہماری زمینوں پر کیوں آرہے تھے۔ کیا اس کا مطلب ہے کہ کچھ گڑبڑ ہے؟ میں اپنے خیالوں میں اتنا مگن تھا کہ شاید یہ محسوس ہی نہیں کیا ہوتا اگر اونچی "دھاڑ" کی آواز نہ سنتا۔ دیکھا تو درخت کے نیچے ایک بڑا کتھئی رنگ کا ڈھیر لگا ہوا تھا۔ میں اس کی طرف بھاگا تاکہ معلوم کر سکوں کہ کیا ہے وہ ایک گدھ تھا۔ دو ہفتوں میں یہ پہلا گدھ نظر آیا تھا دوسرے درخت پر دو اور گدھ بیٹھے ہوئے تھے جو بظاہر تو بالکل ٹھیک معلوم ہوتے تھے سوائے اس کے ان کے سر اُلٹے ڈھلک رہے تھے بالکل ایسے جیسے وہ گردن موڑ کر دیکھ رہے ہوں۔ جمعہ کا دن تھا اور اگلے دو دن چھٹی تھی لہذا میں جلدی گھر جانا چاہتا تھا کیونکہ ہمیں کرکٹ کھیلنا تھا اور ہفتے کو دوستوں کو رات کے کھانے پر مدعو کرنا تھا۔ گھر جلدی جانے کے لیے میں نے فیصلہ کیا کہ چھوٹا راستہ اختیار کروں جو کہ کچرا کنڈی کے قریب سے گزرتا تھا وہاں مردہ جانور پڑے ہوئے تھے اور مکھیاں بھنبھنا رہی تھیں ہر طرف بدبو پھیلی ہوئی تھی۔ جب میں اپنی زمینوں میں داخل ہوا تو سکون کا سانس لیا۔

اس رات کھانے پر بھائی اور میرے ابو کافی تھکے ہوئے لگ رہے تھے۔ بھائی

اسکول نہیں جاتے تھے لہٰذا سارادن ابو کے ساتھ کھیت پر کام کرتے۔ میر اخیال ہے کہ آج مجھے جلدی سونا چاہیے۔ بھائی نے کہا، " یہ بہترین خیال ہے۔" ابو بولے، " میرے جوڑوں میں بھی درد ہے۔ بھائی نے شکایت کی، "حیرت ہے تمہارے جوڑوں میں کبھی درد نہیں ہوتا۔"

امی پریشان ہو کر بولی۔ اگلی صبح امی کو ڈاکٹر کو گھر بلانا پڑا کیونکہ ابو اور بھائی دونوں بیمار ہو گئے تھے۔ وہ دونوں کراہ رہے تھے اور چکر اور جوڑوں میں درد کی شکایت کر رہے تھے۔ ڈاکٹر صاحب نے امی سے پوچھا، "کیا انہوں نے کوئی خراب چیز کھائی تھی یا گندا پانی پیا تھا؟" امی نے لاعلمی کا اظہار کیا تو ڈاکٹر نے ان کے خون کے ٹیسٹ کرانے کو کہا اور امی کو باقی گھر والوں کو ابو اور بھائی سے دور رہنے کے لیے کہا تاکہ بیماری نہ پھیلے۔

اس رات میں نے اپنے دوستوں کو کرکٹ کھیلنے کے لیے بلایا میرے قریبی دوست شارق اور علی اور میرے اسکول کے باقی دوست آئے۔ کھیل کے دوران شارق نے بتایا کہ اس کے چھوٹے بھائی کو دو دن سے بخار تھا اور وہ کچھ کھا پی نہیں رہا تھا۔ دوسرے دوست نے بتایا کہ اس کی والدہ بیمار تھیں اور ان کو پیٹ اور جسم میں درد کی شکایت تھی شاید یہ اس لیے ہے کہ گرمی زیادہ ہے اور کھانا جلدی خراب ہو جاتا ہے۔ علی نے اندازہ لگایا اگلے دن ہمارے اسکول میں ڈاکٹروں کی ٹیم آئی۔ سب کھڑے ہو گئے ڈاکٹروں کو سلام کیا اور پھر واپس بیٹھ گئے۔

صبح بخیر بچوں!" ہم سب یہاں آپ سے بات کرنے آئے ہیں۔ یہ بتانے کے لیے کہ گدھ ہمارے ماحول کے لیے کتنی اہمیت کے حامل ہیں؟ کیا آپ میں سے کسی

نے یہ بات محسوس کی کہ گِدھوں کے ساتھ کچھ گڑبڑ ہے۔ ڈاکٹر عریب بولے۔
"بیٹا تمہارا نام کیا ہے؟" انہوں نے میری طرف اشارہ کرتے ہوئے پوچھا،"
عامر" میں نے جواب دیا۔
"عامر مجھے بتاؤ، تم نے کیا دیکھا ہے؟ آج کل بہت زیادہ گدھ نظر نہیں آ رہے ہیں اور یہ ایک عجیب بات ہے کیونکہ یہاں ان کے کھانے کے لیے بہت کچھ موجود ہے مگر۔۔۔۔۔۔۔۔کیا عامر؟ ڈاکٹر نے پوچھا۔ وہ کافی عجیب حرکتیں کر رہے تھے ایسا لگتا ہے کہ وہ بیمار ہیں کیونکہ ان کے سر ان کے سینے کے ساتھ لگے ہوئے تھے بہت اچھا شکریہ عامر! اب تم بیٹھ سکتے ہو ہاں تو آپ نے دیکھا ہو گا بچوں کے ہندوستان اور پاکستان میں گدھوں نے ایسی عجیب حرکتیں کرنا شروع کر دی ہیں کوئی نہیں جانتا کیوں مگر ہم سمجھتے ہیں کہ ان کو کوئی بیماری ہے گِدھ دنیا میں سب سے بڑی تعداد میں پائے جانے والے پرندوں میں سے ہیں۔ یہ خاص ہوتے ہیں کیونکہ یہ مردہ جانور کھاتے ہیں۔ اس طرح یہ خاکروب کا کام انجام دیتے ہیں اور سڑتے ہوئے مردہ جانوروں کا جلد از جلد صفایا کرتے ہیں مگر اب یہ جوان کو یہ بیماری لگ رہی ہے اور جو کہ بہت تیزی سے پھیل رہی ہے تو ہم نے اپنے ایک نیشنل پارک میں ان کا خاص مشاہدہ کیا اور سندھ میں پائے جانے والے گِدھوں پر بھی تحقیق کی۔ ڈاکٹر روف نے بتایا۔
"گِدھ میں عجیب طرح کی حرکتیں ظاہر ہونے کے بعد ایک مہینے میں مر جاتے ہیں ایک دن وہ جس درخت پر بیٹھے ہوں اس سے زمین پر دھاڑ کر کے گر جاتے ہیں۔ ڈاکٹر نوشاد علی نے بتایا،" میں نے بھی یہی دیکھا تھا میں نے سوچا اس سے

ہم کو اندازہ ہوتا ہے کہ گِدھ گو کہ بدصورت اور بدبودار پرندے ہیں مگر ہمارے ماحولیاتی نظام کے لیے کتنے اہم ہیں۔ ان پرندوں کے بغیر مردہ جانور پڑے رہتے ہیں اور سڑنا شروع ہو جاتے ہیں جس سے بیماریاں پھیلتی ہیں۔ جب وہ چلے گئے تو ہم نے اپنے معمول کے حساب سے پڑھائی شروع کی مگر میں پڑھائی پر دھیان نہیں دے رہا تھا۔ میرے ذہن میں وہ دھاڑ گونج رہی تھی جب گدھ درخت سے نیچے گرا تھا۔

گاؤں کے ڈاکٹر اس مہینے کافی مصروف تھے کیونکہ لوگوں کو مختلف بیماریاں اور پیٹ کے انفیکشنز، بخار، فلو وغیرہ ہوئے۔ شارق کی بہن کو قریبی شہر کے ہسپتال لے جانا پڑا۔ جہاں اس نے کچھ دن گزارے۔ میری چھوٹی بہن سونیا کو بھی پیٹ میں درد کی شکایت تھی مگر کوئی ایسی پریشانی کی بات نہیں تھی۔ امی اور میں تو ٹھیک رہے۔ ابو ایک ہفتہ آرام کرنے کے بعد ٹھیک ہو گئے ابو نے بتایا کہ ابو اور بھائی کو ہیپاٹیٹس ہو گیا تھا۔ بھائی کبھی پوری طرح تندرست نہ ہو سکا۔ ڈاکٹر نے بتایا کہ بیماری کے دوران اس کا کلیجہ متاثر ہوا تھا۔

جب پروفیسر اور ڈاکٹر ہمارے گھر کے دورے پر آئے تو انہوں نے ابو اور بھائی کی بیماری کی وجوہات کا اندازہ لگاتے ہوئے بتایا کہ چونکہ گِدھوں نے مردہ جانور نہیں کھائے تو قدرت نے دوسرا انتظام کر دیا۔ مردہ جسم کو سڑانے میں بیکٹیریا نے اہم کردار ادا کیا۔ بیکٹیریا بے ضرر اور نقصان دار دونوں طرح کے ہوتے ہیں ان میں سے کچھ بیماریاں بھی پیدا کرتے ہیں۔ یہ جب زیر زمین پانی میں چلے گئے تو سب لوگ بیمار ہونے لگے ابو اور بھائی شاید کنویں کا پانی پینے سے بیمار ہوئے ہوں۔

کیونکہ کنواں کچرا کنڈی کے قریب تھا جہاں مردہ جانوروں کے ڈھیر لگے ہوئے تھے۔ جانوروں کے مردہ جسموں کو دوسری جگہ منتقل کرنا پڑا تاکہ وہ انسان کو نقصان نہ پہنچا سکیں۔ کچرا کنڈی پر جڑی بوٹیوں سے تیار شدہ دواؤں کا چھڑکاؤ کیا گیا تاکہ اس کو مضر اثرات سے پاک کیا جاسکے۔ آہستہ آہستہ لوگ بہت بہتر ہونے لگے مگر پھر بھی بیماریاں ختم نہیں ہوئی جب بھی کوئی مردہ جانور پڑا رہنے دیا جاتا تو پھر بیماریاں پھوٹ پڑتیں۔

جب بھی میں گِدھ کو دیکھتا ہوں تو اداس ہو جاتا ہوں اس لیے کہ کوئی بھی یہ نہیں جانتا کہ ان کی مدد کیسے کی جائے؟ سائنس دان اب بھی یہ جاننے کی کوشش کر رہے ہیں کہ وہ کیا چیز ہے جو ان طاقتور پرندوں کو ہلکے ہلکے مار رہی ہے۔ میں سوچتا ہوں کہ کب وہ اسے دریافت کر پائیں گے؟ اور یہ بھی سوچتا ہوں کہ آپ اور مجھ جیسے لوگ ان کی مدد کے لیے کیا کر سکتے ہیں؟؟؟؟

٭ ٭ ٭

میری مدد کرو

چوں ، چوں ، چوں ، بی چڑیا مستقل کھڑکی کے اوپر چونچیں مار رہی تھی ، کبھی پر مارتی ، جیسے بہت پریشان ہوں بے چین ہو۔ سمیہ نے کہانی کی کتاب غصے سے تکیے پر رکھی اور کھڑکی کے پاس جا کر دیکھا کہ آخر اس کی پریشانی کیا ہے ؟ "اف ! کہانی اتنی مزیدار ہے کہ چھوڑنے کو جی نہیں چاہ رہا ہے مگر ابھی بیچاری چڑیا بی بھی تو پریشان ہیں۔" سمیہ نے اپنے کمرے کی کھڑکی کھول کر دیکھا تو کچھ خانہ بدوش عورتیں اور بچے کلہاڑی مار مار کر درخت کاٹ رہے تھے۔ درخت کی شاخیں کٹ کٹ کر زمین پر گر رہی تھی۔ سمیہ نے ذرا اور جھک کر دیکھا تو بیچاری چڑیا کا گھونسلہ بھی نیچے پڑا تھا اور انڈے بھی ٹوٹے پڑے تھے۔

اف میرے اللہ ! تو یہ تھی پریشانی واقعی ایسی پریشانی کی بیان سے باہر ، چچ چچ ! افسوس کوئی ان کا گھر ایسے توڑ کر پھینک دے تو کتنا غصہ آئے۔ ٹھہرو ، بی چڑیا مجھے تمہارے لیے کچھ کرنا پڑے گا۔ سمیہ نیچے آگئی اور گیٹ پر آکر چوکیدار کو سب قصہ سنایا۔

شبیر بابا ایک نیک آدمی تھے۔ ان کو بھی بڑا دکھ ہو ، ازیادہ یوں بھی کہ سمیہ بی بی کی بڑی بڑی آنکھوں میں آنسو بھی تھے۔ انہوں نے اپنا ڈنڈا پکڑا خانہ بدوشوں

کے پاس پہنچے اور انہیں سمجھایا بھی کہ یہ ہرے بھرے درخت کاٹنا تو بہت غلط بات ہے۔ یہ زندہ ہیں اور ہماری طرح سانس لیتے ہیں پھر زمین پر پڑا ہوا چڑیا بھی کا ننھا سا گھر دکھا کر کہا، "بولو یہ معصوم کہاں بسیرا کرے گا؟ یہ کہہ کر بابا نے ڈنڈا زور سے زمین پر مارا وہ سب کے سب خانہ بدوش اپنی گٹھریاں سنبھال کر بھاگے۔ سمیہ خوب ہنسی اور خوش ہو گئی مگر یہ فکر تھی کہ چڑیا بی کا گھر اب کیسے بنے؟ ان لوگوں نے تین چار درخت کاٹ ڈالے تھے سب اجڑا اجڑا الگ رہا تھا۔

سمیہ کو پھر ایک خیال آیا اس نے شبیر بابا کے ساتھ مل کر چڑیا بی کو گھر کے پیچھے جو پیپل کا درخت تھا اس کی ایک گھنی شاخ پر بٹھا دیا۔ چوں چوں چوں چڑیا بھی خوب چہکی۔ اس کی ننھی ننھی آنکھیں چمک رہی تھی۔ سمیہ خوش ہو کر گھر آ گئی اور اپنی کہانی بھی مصروف ہو گئی۔ مگر ذہن ابھی بھی وہیں لگا ہوا تھا کہ کاش سب کو یہ بات معلوم ہو جائے کہ درخت ہم جانداروں کے لیے کتنے اہم ہیں۔ سمیہ نے ابو کی لائبریری میں سے درختوں کے بارے میں کتاب ڈھونڈی وہ چاہتی تھی کہ شبیر بابا کو درختوں کے فائدے بتائے۔

"شبیر بابا؟" جی بی بی کچھ منگانا ہے آپ کو؟

نہیں بابا جی آپ کو درختوں کی باتیں بتانی ہیں۔ شبیر بابا بڑے حیران ہوئے

درختوں کی باتیں؟؟ "بی بی وہ تو درخت ہے سایہ دیتا ہے، پھل دیتا ہے اور بس!

ہاں ہاں آپ کو تو کافی معلومات ہے بالکل صحیح مزیدار پھل جو ہماری صحت اچھی رکھتے ہیں ہمیں درخت ہی دیتے ہیں۔ ہم جو کپڑے پہنتے ہیں اس کے لیے بھی ریشم درختوں سے ہی حاصل ہوتا ہے۔ ریشم کا کیڑا شہتوت کے درخت کے پتے

کھاتا ہے اور اسی طرح ریشمی کپڑے ہم کو ملتے ہیں۔"

"اچھا اور بتاؤ درخت کس کا کمال۔" شبیر بابا کو مزہ آیا وہ آلتی پالتی مار کر ہری بھری ٹھنڈی گھاس پر بیٹھ گئے۔

سمیہ کہنے لگی، "شہد کہاں سے آیا؟ وہ بھی درختوں کی مدد سے حاصل ہوتا ہے۔ درختوں سے ہم کو آکسیجن ملتی ہے جو ہماری زندگی کے لیے بہت ضروری ہے۔ گرمی کے موسم میں پہاڑوں پر جمی برف پانی بن کر بہتی ہے جب جب یہ پانی پہاڑی جنگلات سے گزرتا ہے تو اس میں موجود گندگی گھنے درختوں کی شاخوں اور پتوں میں اٹک کر رک جاتی ہے اور درختوں سے نکلنے والی آکسیجن اس پانی میں شامل ہو جاتی ہے یہ پانی کی صفائی کا قدرتی طریقہ ہے۔

اور بتاؤ بابا یہ جو ہمارے جنگلات ہیں وہ موسموں کے بدلنے میں بھی مددگار ہوتے ہیں۔"

"ارے بی بی تم کو اتنا کچھ معلوم ہے۔ واہ بھئی! اب میں روز آپ سے معلومات حاصل کروں گا۔"

بالکل ٹھیک میں آپ کو اور بھی باتیں بتاؤں گی ٹھیک ہے۔ اللہ حافظ!

***

حکایت رومی

ایک شخص نے چڑیا پکڑنے کے لئے جال بچھایا۔ اتفاق سے ایک چڑیا اس میں پھنس گئی اور شکاری نے اسے پکڑ لیا۔۔۔

چڑیا نے اس سے کہا۔ "اے انسان! تم نے کئی ہرن، بکرے اور مرغ وغیرہ کھائے ہیں ان چیزوں کے مقابلے میں میری کیا حقیقت ہے۔ ذرا سا گوشت میرے جسم میں ہے اس سے تمہارا کیا بنے گا۔۔۔؟ تمہارا تو پیٹ بھی نہیں بھرے گا۔۔۔ لیکن اگر تم مجھے آزاد کر دو تو میں تمہیں بڑی ہی کام میں آنے والی نصیحتیں کرونگی جن پر عمل کرنا تمہارے لئے بہت مفید ہو گا۔

ان میں سے ایک نصیحت تو میں ابھی کرونگی۔۔۔۔ جبکہ دوسری اس وقت کرونگی جب تم مجھے چھوڑ دو گے اور میں دیوار پر جا بیٹھوں گی۔۔۔ اس کے بعد تیسری اور آخری نصیحت اس وقت کرونگی جب دیوار سے اڑ کر سامنے درخت کی شاخ پر جا بیٹھونگی۔۔۔۔"

اس شخص کے دل میں تجسس پیدا ہوا کہ نا جانے چڑیا کیا فائدہ مند نصیحتیں کرے گی۔۔۔۔ اس نے چڑیا کی بات مانتے ہوئے اس سے پوچھا۔۔ "تم مجھے پہلی نصیحت کرو، پھر میں تمہیں چھوڑ دونگا۔۔۔"

چنانچہ چڑیا نے کہا۔۔۔۔ "میری پہلی نصیحت تو یہ ہے کہ جو بات کبھی نہیں ہو سکتی اس کا یقین مت کرنا۔۔۔"

یہ سن کر اس آدمی نے چڑیا کو چھوڑ دیا اور وہ سامنے دیوار پر جا بیٹھی پھر بولی،" میری دوسری نصیحت یہ ہے کہ جو بات ہو جائے اس کا غم نہ کرنا۔"

اور پھر کہنے لگی۔۔" اے بھلے مانس! تم نے مجھے چھوڑ کر بہت بڑی غلطی کی کیونکہ میرے پیٹ میں پاؤ بھر کا انتہائی نایاب پتھر ہے۔ اگر تم مجھے ذبح کرتے اور میرے پیٹ سے اس موتی کو نکال لیتے تو اس کے فروخت کرنے سے تمہیں اس قدر دولت حاصل ہوتی کہ تمہاری آنے والی کئی نسلوں کے لئے کافی ہوتی اور تم بہت بڑے رئیس ہو جاتے۔۔"

اس شخص نے جو یہ بات سنی تو لگا افسوس کرنے اور پچھتایا کہ اس چڑیا کو چھوڑ کر اپنی زندگی کی بہت بڑی غلطی کی۔ اگر اسے نہ چھوڑتا تو میری نسلیں سنور جاتیں،

چڑیا نے جو اسے اس طرح سوچ میں پڑے دیکھا تو اڑ کر درخت کی شاخ پر جا بیٹھی اور بولی۔۔۔۔" اے بھلے مانس! ابھی میں نے تمہیں پہلی نصیحت کی جسے تم بھول گئے کہ جو بات نہ ہو سکنے والی ہو اس کا ہر گز یقین نہ کرنا۔ "لیکن تم نے میری اس بات کا اعتبار کر لیا کہ میں چھٹانک بھر وزن رکھنے والی چڑیا اپنے پیٹ میں پاؤ وزن کا موتی رکھتی ہوں۔۔۔۔۔ کیا یہ ممکن ہے؟

میں نے تمہیں دوسری نصیحت یہ کی تھی کہ جو بات ہو جائے اس کا غم نہ کرنا۔ مگر تم نے دوسری نصیحت کا بھی کوئی اثر نہ لیا اور غم و افسوس میں مبتلا ہو گئے کہ خواہ مخواہ مجھے جانے دیا۔۔۔۔ تمہیں کوئی بھی نصیحت کرنا بالکل بیکار ہے۔ تم نے میری

پہلی دو نصیحتوں پر کب عمل کیا جو تیسری پر کرو گے؟ تم نصیحت کے قابل نہیں، یہ کہتے ہوئے چڑیا پھر سے اڑی اور ہوا میں پرواز کر گئی۔۔۔۔

وہ شخص وہیں کھڑا چڑیا کی باتوں پر غور و فکر کرتے ہوئے سوچوں میں کھو گیا..!! وہ لوگ خوش نصیب ہوتے ہیں جنہیں کوئی نصیحت کرنے والا ہو۔۔ ہم اکثر خود کو عقلمند سمجھتے ہوئے اپنے مخلص ساتھیوں اور بزرگوں کی نصیحتوں پر کان نہیں دھرتے.. اور اس میں نقصان ہمارا ہی ہوتا ہے۔۔۔۔

یہ نصیحتیں صرف کہنے کی باتیں نہیں ہوتیں کہ کسی نے کہہ لیا' ہم نے سن لیا۔۔۔۔ بلکہ دانائی اور دوسروں کے تجربات سے حاصل ہونے والے انمول اثاثے ہیں جو یقیناً ہمارے لئے مشعلِ راہ ثابت ہو سکتے ہیں اگر ہم ان نصیحتوں پر عمل بھی کریں..!!

٭٭٭

شرارتی بدھو میاں

کسی گاؤں میں ایک غریب کسان رہتا تھا۔ جس کا ایک ہی بیٹا تھا۔ گاؤں والے اُسے بدھو کہہ کر پکارتے تھے۔ بدھو بہت شریر لڑکا تھا۔ دن بھر کھیلنا کودنا اور شرارتیں کرنا ہی اس کا کام تھا۔ ہر وقت غلیل ہاتھ میں ہوتی جس سے وہ بھی چڑیوں، کوؤں اور طوطوں وغیرہ کو نشانہ بناتا رہتا تھا۔

ایک روز کیا ہوا کہ بدھو یونہی گھومتا پھرتا ایک بڑھیا، نانی صفو کی جھونپڑی کے سامنے سے گزرا تو نانی نے اسے آواز دے کر بلایا اور اس سے کہنے لگی۔ بدھو بیٹا۔ تو دن بھر شرارتیں کرتا پھرتا ہے۔ آج میرا ایک کام کر دے بیٹا۔

بدھو نے پوچھا۔ "کیا کام ہے نانی صفو!"

صفو نانی بولی۔

"آج کل برسات کا موسم ہے اور جھونپڑی کے اندر مچھر ہو گئے ہیں۔ کمبخت رات کو سونے نہیں دیتے۔ کسی صورت میں مجھے ان مچھروں سے نجات دلا دے۔"

بدھو ایک دم بولا۔

"بس اتنا سا کام ہے۔ ابھی لو میں ابھی مچھروں کا قتل عام کئے دیتا ہوں۔"

نانی بی اس کی بات سن کر بہت خوش ہوئی اور دعائیں دینے لگی۔ پھر اُس نے نانی سے کہا۔

"نانی تم سامنے والے درخت کے نیچے جا کر بیٹھ جاؤ۔ میں مچھروں کو جھونپڑی سے نکالنے کا کام شروع کرتا ہوں۔ جب میں کام ختم کر چکوں تو تمہیں آواز دے کر بلالوں گا۔ تم رات کو آرام سے پاؤں پھیلا کر سونا۔"

صفو نانی درخت کے نیچے بیٹھ گئی۔

بدھو نے اپنا کام شروع کر دیا۔ کہیں سے مٹی کا تیل لا کر جھونپڑی کے اندر ہر طرف چھڑک دیا۔ اس کے بعد ماچس کی تیلی جلا کر آگ لگا دی اور خود وہاں سے بھاگ کھڑا ہوا۔ جھونپڑی میں آگ بھڑک اٹھی تو بڑی بی چلائی۔ ارے میں لٹ گئی۔ میں برباد ہو گئی۔ ارے کمبخت! بدھو تم نے میری جھونپڑی میں آگ لگا دی۔ ہائے۔ اب میں کیا کروں۔ لوگو! آؤ۔ میری مدد کرو۔

بڑی بی کی چیخ و پکار سن کر گاؤں کے لوگ جمع ہو گئے۔ جب لوگوں نے پوچھا۔ نانی صفو۔ جھونپڑی کو آگ کیسے لگ گئی؟

اس بیچاری نے سارا قصہ سنایا۔ کسی شخص نے کہا: نانی۔ تم اچھی طرح جانتی تھیں کہ بدھو بے حد شریر لڑکا ہے پھر تم نے اسے ایسا کام کرنے کے لیے کیوں کہا تم نے سخت غلطی کی۔

"دوسرے نے کہا: ابھی بدھو کے باپ کے پاس جاؤ اور اس نقصان کا معاوضہ طلب کرو۔" چنانچہ نانی صفو نے اس شخص کے مشورے پر عمل کرتے ہوئے بدھو کے گھر کا رخ کیا۔ اس کے باپ کے پاس جا کر بدھو کی حرکت بیان کی۔

لوگوں نے بھی بڑی بی کی حمایت میں باتیں کیں۔ بدھو کے باپ کو بیٹے کی اس حرکت پر بہت غصہ آیا۔ اس نے نانی صفو سے معافی مانگنے کے بعد کہا۔ "میں اس لڑکے سے تنگ آچکا ہوں۔ آج میں اس کی اچھی طرح خبر لوں گا اور تمہاری جھونپڑی بنوا دوں گا۔"

آخر بدھو کے باپ نے ایسا ہی کیا۔ بدھو کی خوب پٹائی کی۔ بدھو نے توبہ کی اور آئندہ ہر طرح کی شرارت نہ کرنے کا وعدہ کر کے دل لگا کر پڑھنا شروع کر دیا۔ اس کے باپ نے نانی صفو کے لیے نئی جھونپڑی تعمیر کروا دی۔ اس کو گھر کے لیے سامان اور نقد روپیہ بھی دیا۔

٭ ٭ ٭

کتے کے گلے کی گھنٹی

ایک کتّا بہت شرارتی تھا۔ وہ آنے جانے والوں پر بھونکتا۔ ننھے منے بچوں کو بھونک بھونک کر ڈرا دیتا۔ جس گلی میں وہ رہتا تھا وہاں سے لوگوں کا گزرنا مشکل ہو گیا تھا۔ پھر آہستہ آہستہ اس کی شرارتوں میں اضافہ ہونا شروع ہو گیا۔ وہ پہلے تو بھونک بھونک کے ہی لوگوں کو ڈراتا تھا مگر اب اس نے نئی بات سیکھ لی اور وہ یہ تھی اپنے لمبے لمبے دانتوں سے کام لینا۔ وہ اب بھونکنے کے بجائے چپکے سے آگے بڑھتا اور ہر آنے جانے والے کو کاٹ لیتا۔

اس بات سے لوگ بہت تنگ آگئے سب نے کتّے کے مالک سے شکایت کی۔ جب بہت سے لوگوں نے یہ شکایت کی کہ کتّا کاٹنے لگا ہے تو اس کے مالک نے ایک چھوٹی سی گھنٹی اس کتّے کے گلے میں ڈال دی۔ جب کتّا چلتا تو گھنٹی کی ٹن ٹن آواز آتی۔ کتّا اپنے گلے میں گھنٹی دیکھ کر بہت خوش ہوا۔ اس نے سمجھا کہ اسکے مالک نے اس کی عزت میں اضافے کے لیے اس کے گلے میں گھنٹی باندھی ہے۔ وہ بہت مغرور ہو گیا۔ اس نے دوسرے کتّوں سے بات چیت بند کر دی۔ اگر کوئی کہتا اس کے قریب آتا تو وہ اسے اپنی دم مار کر دھتکار دیتا اور کہتا تم میری برابری نہیں کر سکتے۔ میں تم سے کہیں زیادہ عزت والا ہوں کیونکہ میرے مالک نے میرے گلے میں

گھنٹی باندھی ہے۔ دوسرے کتے بھی اس کی عزت کرنے لگے۔

ایک دن کتّے نے سوچا کہ اسے جنگل میں جا کر اپنے مرتبے کا رعب ڈالنا چاہیے۔ کتّا اپنا سر ہلاتا ہوا جنگل میں نکل گیا۔ وہ جس طرف بھی جاتا ٹن ٹن کی آواز آتی جو جانور بھی ملتا کتّا اسے گھنٹی کی آواز سناتا اور بتاتا کہ اس کے مالک نے اس کی عزت اور وقار میں اضافے کی لیے اس کے گلے میں گھنٹی باندھ دی ہے۔ سب جانور اسے مبارکباد دیتے اور کتّے سے ایک بار ٹن ٹن کی آواز کی فرمائش کرتے۔ وہ دوسرے جانوروں سے مل ہی رہا تھا کہ لومڑی بھی آگئی۔ کتّے نے لومڑی پر بھی رعب جمایا۔ دو تین مرتبہ اپنا سر ہلا کر گھنٹی کو زور زور سے ہلایا۔ لومڑی نے گھنٹی کی آواز سنی۔ پھر اسے سونگھا اور حیرت سے بولی۔ یہ گھنٹی تم نے خود پہنی ہے یا تمہارے مالک نے تمہیں پہنائی ہے۔

کتے نے بہت فخر سے کہا:

میرا مالک میرا بہت خیال رکھتا ہے۔ اس نے میرا رتبہ بڑھانے کے لیے مجھے یہ خوبصورت گھنٹی پہنا دی ہے۔

لومڑی نے کچھ دیر سوچا اور کہنے لگی۔

نہیں یہ بات نہیں ہو سکتی تمہیں یہ گھنٹی اس لیے پہنائی گئی ہے کہ گلی سے گزرنے والوں کو تمہاری موجودگی کا پتہ چل جائے اور جب تم کاٹنے کے لیے جاؤ تو انہیں پہلے سے خبر ہو جائے اور وہ اپنا بچاؤ کر سکیں۔

* * *

بچوں کی کہانیوں کا ایک اور دلچسپ مجموعہ

شیخ چلی کا خواب

مرتبہ : نوشاد علی ریاض احمد

بین الاقوامی ایڈیشن جلد منظر عام پر آرہا ہے